最美情诗

国绘·绽放惊艳的古典诗词

肖丹 编译

图书在版编目（C I P）数据

最美情诗 / 肖丹编译. -- 合肥： 黄山书社, 2015.3
（国绘·绽放惊艳的古典诗词）
ISBN 978-7-5461-4947-9

Ⅰ. ①最… Ⅱ. ①肖… Ⅲ. ①爱情诗－诗集－中国－古代 Ⅳ. ①I222

中国版本图书馆 CIP 数据核字（2015）第 045755 号

出 品 人　任耕耘
编辑统筹　周振华
责任编辑　刘　春
装帧设计　姚忻仪
出版发行　时代出版传媒股份有限公司（http://www.press-mart.com）
　　　　　黄山书社（http://www.hspress.cn）
地址邮编　安徽省合肥市蜀山区翡翠路 1118 号出版传媒广场 7 层　230071
印　　制　武汉市至和彩印包装广告有限公司
版　　次　2015 年 11 月第 1 版
印　　次　2015 年 11 月第 1 次印刷
开　　本　889×1260　1/32
字　　数　130 千字
印　　张　7.5
书　　号　ISBN 978-7-5461-4947-9
定　　价　25.00 元

服务热线　0551-63533706

销售热线　0551-63533761

官方直营书店（http://hsssbook.taobao.com）

前　　言

古典诗词是中华文化宝库中的一朵奇葩，是语言的精华，是智慧的结晶，是思想的火花，是最珍贵的文化遗产之一。中国古典诗词源远流长，经过千百年来的积淀，蕴含着中华民族独特的情感，展现了深沉的精神追求和独特的价值理想。中国古典诗词的成就是极其辉煌的，它历史悠久，题材内容丰富，形式风格多样，表现艺术手法千差万别，高度集中地再现了各个历史时期的社会风貌和人们的精神生活。这些诗词包含着丰富的人生意蕴，体现了高雅的审美情趣，达到了高超的艺术境地，经过时间的磨砺，已经成为不朽的经典，影响着一代又一代中国人的心灵，给人们以思想和艺术的双重启迪。

中国的诗词歌赋浩如烟海，一个人想要遍阅所有传世佳作是非常困难的。《国绘·绽放惊艳的古典诗词》选录了各个时代、各个流派的最好作品，并对这些中国古代最唯美、最惊艳的诗词从各个角度进行解析。这些作品或讴歌大自然，或咏叹爱情，或感慨人生，或抒发豪情，充满感染力、感召力、凝聚力，富有哲理和诗情画意，代表着中国诗词创作的最高成就。

《最美情诗》从《诗经》中的经典名篇到历代的诗人情诗中悉心选编，优中择优，以飨读者。本书配有重点词句的注释，帮助读者理解；流畅、精准的诗作赏析，并力求为读者还原诗人写作时的情怀，让读者能够全方位理解作者的心境，并深刻探讨诗作的内在含义以及所蕴藏的丰富内涵。本书还配有精美的国绘插图，富有古典韵味，让读者置身“情”的世界，并沉醉其中。

情诗是世界文学的滥觞，中国文学由《诗经》开始。情诗，是抒发男女间爱情的诗，是爱情表达的一种形式。简单说来就是情人之间传达爱意的诗。当世人遇到爱情，内心就有了最深刻的情感；而当诗人遇到爱情，世界上就有了最美丽的语言，那就是情诗！

《最美情诗》中一首情诗就是一个故事，解读古典情诗，挖掘唯美故事，感悟诗人情路，聆听在惊艳、凄美的故事中谱写出的壮丽、缠绵的乐章。阅读情诗，感受最美的文字、最美的情感，品味古典爱情诗作带来的审美体验，为自己的爱情加油，为自己的生活增添情调！

编者

先　秦

两汉　魏晋　南北朝

隋　　唐

宋

元　明　清

先　秦

“乐而不淫，哀而不伤。”

关　雎

诗经·周南

关关雎鸠，①在河之洲。
窈窕淑女，君子好逑。②

参差荇菜，③左右流之。
窈窕淑女，寤寐求之。④
求之不得，寤寐思服。⑤
悠哉悠哉，辗转反侧。⑥

参差荇菜，左右采之。
窈窕淑女，琴瑟友之。
参差荇菜，左右芼之。
窈窕淑女，钟鼓乐之。⑦

【注释】

①关关：象声词，雌雄二鸟相互应和的叫声。雎(jū)鸠：一种水鸟。传说这种水鸟雌雄相亲，形影不离。

②窈窕(yǎo tiǎo)淑女：贤良美好的女子。窈，深邃，喻女子心灵美；窕，幽美，喻女子仪表美。淑，好，善良。君子：古时对男子的尊称。逑：指配偶。

③参差(cēn cī)：高低不齐。荇(xìng)菜：浮在水面的一种水生植物。

④寤寐(wù mèi)：寤是睡醒，寐是睡着。指日夜思恋。

⑤思服：思念。

⑥悠哉悠哉：悠悠思念之情绵绵不断。哉，古文中的感叹词。辗转反侧：翻来覆去，不能入睡。

⑦芼(mào)：择取。“琴瑟”句、“钟鼓”句都是形容载歌载舞的结婚场面。

【赏析】

《诗经》是我国第一部诗歌总集，收集了自西周初年至春秋中叶五百多年的诗歌 305 篇，包括风、雅、颂三大类。

其中“风”是地方民歌，有十五国风，共一百六十篇；“雅”主要是朝廷乐歌，分大雅和小雅，共一百零五篇；“颂”主要是宗庙乐歌，有四十篇。

“风”是民间乐调，意即“风土之音”，是从周南、召南、邶、鄘、卫、王、郑、齐、魏、唐、秦、陈、桧、曹、豳等 15 个地区采集而来的土风歌谣，其曲调已经失传，现仅存歌词。

《关雎》是《诗经》中的第一篇，也是我国古代流传下来的第一首民间情歌，描写青年男子对美丽少女的爱慕和追求。这首诗是我国有文字记录以来的爱

情诗的始祖，在中国文学史上占据着特殊的地位。

全诗共分为三章：

第一章共四句，写青年男子“求偶”的心愿——从听到雎鸠的和声，联想到一位品貌双全的姑娘应该和自己配合成双，表达了他的爱情理想。

第二章共八句，描写他在追求爱情未能达到目的“求之不得”的苦思冥想，显得执着而深沉。

第三章共八句，写随之而来的“求之既得”的想象，极力渲染获得爱情后的欢乐情景，从而进一步强调思念之强烈、愿望之殷切。

诗的主人公——“君子”既大胆流露了对于自由爱情的热烈向往，又借雌雄有固定配偶的雎鸠来象征对爱情的忠诚专一，更用琴瑟、钟鼓之声调谐和来比喻彼此情意相投。

“君子”对女方的要求，既着眼于外在的仪态之美，又重视内在的心灵之美，在“求之不得”时，对理想仍然抱有坚定的信心和美好的愿望，这正是孔子所说的“乐而不淫，哀而不伤”。

《关雎》中“君子”对爱情的态度有效地体现了古代较为正确而健康的恋爱观，可以被当作表现夫妇之德的典范。

全诗巧妙地运用了比兴手法：春日水滨，雎鸠始鸣，荇菜初生，实写眼中景，雎鸠和鸣隐喻伉俪相得；以求取荇菜隐喻求偶成功，是暗写心中情。最后又虚写琴瑟、钟鼓来形容新婚之乐，则分明是预示美好理想必将实现。这种手法可谓比兴兼

施，情景交融，虚实相形，得神化之妙。

诗作在结构上又是波澜起伏，变幻莫测：开篇一切美好的事物展现，正当“君子”沉浸在美好的理想中时，突然出现“求之不得”的波折；并由长夜难眠、相思不断的心理刻画，推进为“辗转反侧”的形象描写，表现“君子”的相思之苦到此已经臻乎顶点，于是回波逆折，于低沉中忽起高昂之调，荡开去写他的美好愿望，看似山穷水尽，却又见得柳暗花明，写来曲折又有致。

诗作的声调与诗的情调配合得很紧密：开篇在于舒缓平正之音，并以音调领起全篇，音调悠扬飘逸，正像对理想满怀希望时的从容、舒缓之情。“求之不得”一句突然转用仄声韵，音调短促紧迫有如急弦繁管，正像受到挫折时的忧郁、抑塞之情；末句又转为平声韵，从逼促之中荡开，感情豁然开朗，有“洋洋乎盈耳”（孔子语）之感。声调的变化，有效地促成了感情的变化。

这首诗无论在思想上、艺术上都积极地影响了后世的爱情文学，诗作充分表现了古代劳动人民内心对美好爱情的向往和追求，突出表达了青年男女健康、真挚的思想感情。古人将其冠于305篇之首，说明对它评价很高。

摽　有　梅

诗经·召南

摽有梅，其实七兮，①
求我庶士，迨其吉兮。②

摽有梅，其实三兮，③
求我庶士，迨其今兮。④

摽有梅，顷筐塈之，⑤
求我庶士，迨其谓之。⑥

【注释】

①七成果实在上面，比喻自己青春还很艳丽。摽(biào)，落。实，果实。七，七成(古人以七到十表示多，三以下表示少)。兮，语助词，有声无义。

②庶士：指未婚男子。迨(dài)：趁。吉：美好的意思。

③树上的梅子已经不多，喻指青春年华已经逝去过半。三，三成(泛指少数)。

④今：今天，即时的意思。

⑤意为落下的梅子得用筐装起来。顷筐，斜口浅筐，犹今之簸箕。塈(jì)，取。

⑥谓：读如会，集会。据《周礼·媒氏》载："媒氏掌万民之判……仲春之月，令会男女，于是时也，奔者不禁。"古有"会男女"制度，凡男子三十未娶，女子二十未嫁，都借会期择偶，不必依正常礼制婚配。

【赏析】

这是一首少女怀春的情歌。全诗以梅子的成熟作比，表达姑娘求爱的热切心情。

诗作大意如下：

梅子纷纷落地，树上还留七成。有心求我的小伙子，请不要耽误良辰。

梅子纷纷落地，枝头只剩三成。有心求我的小伙子，到今儿切莫再等。

梅子纷纷落地，收拾要用簸箕。有心求我的小伙子，快开口莫再迟疑。

这是一首委婉而大胆的求爱诗作。女子到了青年时期，自然会对自己的青春爱情产生相关的愿望，从而关心起自己的婚姻大事来。于是，她们总希望能有理想的青年男子及时向自己求婚。这首诗就是描写少女这种即景怀春、希望婚嫁及时的心情。龚橙《诗本义》说"《摽有梅》，急婿也"，一个"急"字，抓住了此篇的情感基调，也揭示了全诗的旋律节奏。

从抒情主人公的主观心态看，"急"就急在青春流逝而夫婿无觅。诗作以梅子的逐渐坠落来比喻自己青春的日见流逝；随着青春的流逝，这种求偶的迫切心情也与日俱增。当进入青春之初，求偶之情还不明显，仅希望有心追求自己的男子们不要错过吉日良辰而已。继而青春消逝过半，心里未免着急起来，希望对方不必再等了。及至青春行将逝去，求偶之情已迫不及待，只要一语定约就可以了。

诗作每章换字不多，但情绪一步紧过一步，意思一层深过一层，给人以急迫的感觉。

从诗篇的艺术结构看，诗作中主人公的“急”就急在三章复唱而一步紧逼一步。这种重章复唱，是《诗经》的基本结构。

从诗意的表达看，诗作则属于重章之循序渐进。三章重唱，却一层紧逼一层，生动有力地表现了主人公情急意迫的心理过程。

这首诗以简洁平实的语言和率真开朗的风格，表达了青年女子深恐耽误青春的焦急心情。明代学者钱琦评此诗道：“《摽有梅》直言其意，无顾忌，无文饰，此妇女明洁之心。”

珍惜青春，渴望爱情，是中国诗歌的母题之一。《摽有梅》作为春思求爱诗之祖，全诗质朴而清新，明朗而深情，其原型意义在于建构了一种抒情模式：以花木盛衰比青春流逝，由感慨青春易逝而追求婚恋及时。

野有死麕

诗经·召南

野有死麕，白茅包之。①
有女怀春，吉士诱之。②

林有朴樕，③野有死鹿。
白茅纯束，④有女如玉。

“舒而脱脱兮！⑤无感我帨兮！⑥
无使尨也吠！”⑦

【注释】

①意即在野外打死一只獐子，就用白茅包起来。麕（jūn），獐子，比鹿小，无角。白茅，草名。

②意即碰见怀春的少女，就去引诱她、挑逗她。怀春，思春，男女情欲萌动。吉士，男子的美称，这里指青年猎人。

③朴樕（pǔ sù）：小木，灌木。

④意即把小树和猎物捆起来。纯束，捆起来。

纯，为“稛（kǔn）”的假借，聚拢的意思。

⑤舒：舒展、缓慢。脱（duì）：恰到好处。

⑥无：同“勿”“毋”，不要。感：“撼”字的古写，摇动的意思。帨（shuì）：古代妇女系在腰上的佩巾，类似近代的围裙。

⑦尨（máng）：多毛的狗。

【赏析】

这首诗描写青年猎人如何追求一个怀春的少女。

开头四句以比兴的手法，写年轻猎手淳朴的爱的追求意识。在他看来，要得到一个少女的爱，就像捕获一个猎物那样自然、实在。

中间四句写青年猎手在劳动中都思恋着少女。前两句写青年猎人在丛林里获得了獐和鹿，把它包扎好，赠给姑娘，向她求爱。

最后三句是少女对年轻猎手说的情话，写姑娘接受了青年猎人的爱情，并要求他动作慢一些，温柔一些，别冒冒失失，别动手动脚，不要掀动了她的围裙，不要把狗惊叫了，惊动了人。

这是一首优美的爱情诗，赞美了当时淳朴的爱情，采用口头语言，最完整、最准确地再现了女子当时的微妙心理状态，生动而隽永。

诗以獐、鹿、白茅、朴樕等物渲染出山野丛林间的清新环境。以“吉士”“如玉”描绘

出男女双方内心和仪表之美，突出了互相爱悦的感情基础。一对秀美而纯真的男女青年在幽静的山林中邂逅相遇，又产生了感情，这是一幕多么使人神往的景象！末章更以委婉细腻的笔调进一步表现出淳朴而健康的爱情。全诗情景交融，清丽动人。

这首诗的语言生动而隽永，主要归功于口语、方言的使用和刻意营造音乐效果的语辞的创造运用。末章三句由祈使句组成，纯属口语。直接采用口头语言能够最完整最准确地再现女子既欢愉急切又紧张羞涩的心理状态，而祈使句本身也提示了这样一个动作场面的微妙紧张。

这首诗以鲜明直面讴歌爱情的主题显得极其可贵。全诗三段，前两段以叙事者的口吻旁白描绘男女之情，朴实率真。第三段转变叙事角度的描写手法使整首诗情景交融，正面、侧面相互掩映，含蓄诱人，赞美了男女之间自然、纯真的爱情。这首诗是一首纯真的情歌，一首在荒烟蔓草的年代，人的纯真性情的流淌之爱歌！

出其东门

诗经·郑风

出其东门，有女如云。①
虽则如云，匪我思存。②
缟衣綦巾，聊乐我员。③

出其闉阇，有女如荼。④
虽则如荼，匪我思且。⑤
缟衣茹藘，聊可与娱。⑥

【注释】

①东门：城东门。有女如云：有许多漂亮姑娘。如云，形容众多。

②匪：非。思存：放在心上。

③缟(gǎo)：白色。綦(qí)：青色。这是当时贫苦人家女儿的打扮。聊：尚且、姑且。乐：喜欢。员(yún)：语助词。

④闉阇(yīn dū)：古代外城(又叫瓮城)的门。荼(tú)：茅草的白花。用以形容姑娘们的美丽。

⑤茅花开时一片洁白，此亦形容女子众多。且（jū）：语助词。一说慰藉。

⑥茹藘（lǘ）：茜草，可作红色染料。

【赏析】

这首诗写一个男子在众多漂亮姑娘中挑选意中人的朴实观念。

全诗分两个部分，格式相当，情感变化也相当。

首句写漫步城东门，男子看到许多漂亮姑娘。

在迈出城门的刹那间，男子被这“如云”“如荼”的美女吸引了。那毫不掩饰的赞叹之语，正表露着这份突然涌动的不自禁之情。

中间笔锋一转，虽然美女很多，但我都不把她们放在心上。

然而，人的感情是奇特的，“爱情”则更微妙难猜：“虽则如云，匪我思存”“虽则如荼，匪我思且”——在众多美女前怦然心动的主人公，真要作出内心所爱的选择时，吐语竟如此出人意料。两个“虽则……匪我……”的转折句，正以无可动摇的语气，表现着主人公的情有独钟。好奇的读者自然要打听：他那幸运的恋人而今安在？

尾句只有那个穿白衣裳戴青头巾的朴素打扮的姑娘，比较可爱。虽然美女很多，都不是我心爱的人，只要把那个姑娘穿的白衣裳染一染，就可以和她一起欢乐了。

“缟衣綦巾，聊乐我员”“缟衣茹芦，聊可与娱”二句，即带着无限的喜悦和自豪，又将这位恋人推到了你的眼前。

如果你还知道，“缟衣綦巾”“缟衣茹藘”均为“女服之贫贱者”（朱熹），恐怕在惊奇之际，更会对主人公肃然起敬：原来他所情有独钟的，竟是这样一位素衣绿巾的贫贱之女！

全诗的高尚之处呼之欲出：主人公以断然的语气，否定了对“如云”“如荼”的美女的选择，而以喜悦和自豪的结句，独许那“缟衣茹藘”的心上人，也足见他与伊人的相爱之深。只要两心相知，何论贵贱贫富——这便是弥足珍惜的真挚爱情。这首诗就是表现主人公这种追求爱情时的真挚和专一。

诗作写得很别致。诗人采用了反衬的写法，以众多美女来烘托自己心目中那位衣着朴素的女郎，更见出对爱情的真挚和坚贞。这位青年人时刻想念的只有那位衣着朴素的姑娘。只有看到她，心里才感到幸福。诗中主人公既不见异思迁，也不在乎贫穷。

这种在爱情上纯一不二，是我国劳动人民的传统美德，这首诗作也表现出了我国古代劳动人民纯洁而质朴的恋爱观。

采　葛

诗经·王风

彼采葛兮。①
一日不见，如三月兮！

彼采萧兮。②
一日不见，如三秋兮！③

彼采艾兮。④
一日不见，如三岁兮！

【注释】

①葛：一种蔓生植物，块根可食，茎可制纤维。

②萧：植物名。蒿的一种，即青蒿。有香气，古时用于祭祀。

③三秋：通常一秋为一年，后又有专指秋三月的用法。这里三秋长于三月，短于三年，义同三季，九个月。

④艾：植物名，菊科植物，可制艾绒灸病。

【赏析】

这首诗写情人之间别离之苦，即使短暂离别，也难以忍受。

这是恋人相思之诗，写男子对于一个采集植物的女子的无限想念。全诗分为三章，反复吟唱，情意层层加深。

那个采葛的姑娘啊，一日不见她，好像三个整月长啊！

那个采蒿的姑娘啊，一日不见她，好像三个秋季长啊！

那个采艾的姑娘啊，一日不见她，好像三个周年长啊！

采葛的姑娘、采蒿的姑娘、采艾的姑娘不是三位姑娘，而是同一位姑娘。这是同一位姑娘在不同季节采集不同的植物。随着季节时令的变化，男子对姑娘的思念之情也渐渐变深。

一日不见如三月、如三秋、如三岁，这种思念的情感越来越浓烈，对姑娘的爱意越来越强烈。诗作用的虽然是“赋”的手法，但是“赋”中有“比”，直言不讳，在直白简练的语言中凸显一片深情。

热恋中情人无不希望朝夕厮守，耳鬓厮磨，分离对他们是极大的痛苦，所谓“乐哉新相知，忧哉生别离”，即使是短暂的分别，在他或她的感觉中也似乎时光很漫长，以至于难以忍耐。

此诗三章正是抓住这一人人都能理解的最普通而又最折磨人的情感，反复吟诵，重叠中只换了几个字，就把怀念情人愈来愈强烈的情感生动地展现出来了，仿佛能触摸到诗人激烈跳动的脉搏，听到他那发自心底的呼唤。

全诗既没有一些卿卿我我柔情蜜语，更无具体的爱的浪漫行为。虽然只有直白地表露自己思念的情绪，但是却能撩拨读者的心弦，“一日不见，如隔三秋”即源于此诗。千百年来，人们都沉醉于此，直到今天人们还在用这个成语来表达自己迫切的思念之情。

静　女

诗经·邶风

静女其姝，俟我于城隅。①
爱而不见，搔首踟蹰。②

静女其娈，贻我彤管。③
彤管有炜，说怿女美。④

自牧归荑，洵美且异。⑤
匪女之为美，美人之贻。⑥

【注释】

①静女：意同淑女。姝(shū)：美貌。

②爱：隐藏。

③娈(luán)：美好的容貌。贻：赠送。彤管：红色的管乐器(箫、笛之类)。

④炜：鲜明、光亮。说(通“悦”)、怿(yì)：都是喜欢、高兴的意思。女(通“汝”)：这里指彤管。

⑤牧：放牧的草原。归：同“馈”，赠送。荑(tí)：茅草的嫩芽。洵：确实。

⑥匪：同“非”。

【赏析】

这是一首描写男女幽会的情诗。

文雅的姑娘真美丽，约好在城边的角落里等。她却故意躲藏起来，惹我挠头又徘徊。

美丽姑娘真好看，送我一支小彤管。彤管红红的发出闪闪的亮光，喜爱你的美丽。

从郊外采来茅荑相赠送，确实又美丽又出奇。不是荑草真的美，（而是）美人送我含爱意。

这首诗描写了一对青年男女幽期密约的有趣情景。全诗分三章，首章写男子赴约等候时的急切心情；次章写情人相见之后馈赠信物，以结爱情；末章写女子再赠送信物和男子心中的喜悦。

全诗以男子的口吻从一个特定的角度展现了青年男女恋爱生活的生动画面：当小伙子如期赴约，姑娘逗着他，故意躲藏起来，急得他抓耳挠腮，焦急万状，真是绘声绘色，呼之欲出。后来他发现姑娘不但依约来到，还带给他两件礼物时，不禁大喜过望。虽然是两件极普通的礼物，但因为是心上人所赠，故他觉得它们奇异、美丽，因而珍惜无比。通过对这种恋爱生活中常见的赠送信物的情节之勾画，生动地描绘了男女主人公

之间的聒聒絮语，突出了他们之间的一往情深。诗把两件小礼物分成两章来写，目的就是通过这种强调，把男主人公激动的感情——也就是爱情，推向高潮。似乎姑娘送给对方的不是一只彤管和几根茅草，而是一颗赤诚的心；小伙子接到的也不是一般的礼物,而是姑娘的爱慕和信赖。

诗歌通过戏剧性的情节，把静女的顽皮、活泼，男青年的忠厚、淳朴，生动地表现出来。诗尽管很短，却写出了这场密约相会的全过程，泄露了男主人公感情的秘密——等待恋人时的急切和得以相会时的欢悦，特别是通过他对姑娘馈赠信物的态度，表达了他对静女的炽热感情。诗的情节真实、生动，格调明朗、欢快，是一首优美的爱情小诗。

子　　衿

诗经·郑风

青青子衿，①悠悠我心。②
纵我不往，子宁不嗣音？③

青青子佩，悠悠我思。
纵我不往，子宁不来？

挑兮达兮，在城阙兮。④
一日不见，如三月兮。

【注释】

① 衿(jīn)：衣领。“衿”和下文的“佩”(衣着上的佩饰物)，都是拟人化，实指她企盼的恋人。

② 悠悠：形容深长的忧思。

③ 宁不：为什么不。嗣(yí)：通“贻”，给、寄的意思。嗣音：捎信、传递音信。

④ 挑兮达兮：走来走去。阙(què)：城门的边角楼。

【赏析】

这是一首描写少女企盼恋人、思念恋人的怨情诗。

青青的是你的衣襟，悠悠的是我的心境。
纵然我不曾去会你，难道你就此断音信？
青青的是你的衣佩，悠悠的是我的情怀。
纵然我不曾去会你，难道你不能主动来？
我来回踱着步子呵，在这高高城楼上啊！
一天不见你的面呵，好像已有三月长啊！

全诗三章，采用倒叙手法。当少女和所爱的男子一度相会而发生感情之后，就失去了相见的机会，于是引起了这般无穷无尽的思念。这首诗就是写她在盼望和想念恋人时的心情。

少女想起他那青色衣领的服饰，想起他用青色的绶带佩系着美玉，脑海里就浮现出他那鲜明的形象。她因思念深切，进而发展为忧伤、埋怨：我身为女子，自然不便来找你相会。而你是男子汉，又为何不经常给我音讯，不前来与我相会呢？每当回忆起前日与你在城门楼边相会时毫无拘束的欢乐情景，总是时刻地在想念着你，一日没见到你，就像三月之长啊！这是十分炽烈的爱情表露。

这首诗以笔意深婉见长。诗人写少女对对方的思忆，从对方的衣饰写起，“青青子衿，悠悠我心”看似意味平淡，却包含着十分深沉的感情。“纵我不往，子宁不嗣音”，从直白的语句中表现出深婉的情意。最后以回忆昔日欢乐的相聚情景来衬托眼前的孤单寂寞，更强化了迫切的相思之情。

柏　舟

诗经·邶风

泛彼柏舟，亦泛其流。①
耿耿不寐，如有隐忧。②
微我无酒，以敖以游。③

我心匪鉴，不可以茹。④
亦有兄弟，不可以据。⑤
薄言往愬，逢彼之怒。⑥

我心匪石，不可转也。⑦
我心匪席，不可卷也。⑧
威仪棣棣，不可选也。⑨

忧心悄悄，愠于群小。⑩
觏闵既多，受侮不少。⑪
静言思之，寤辟有摽。⑫

日居月诸，胡迭而微？⑬
心之忧矣，如匪浣衣。⑭
静言思之，不能奋飞。

【注释】

①泛：浮行，漂流，随水冲走。流：中流，水中间。

②耿耿：鲁诗作“炯炯”，指眼睛明亮；一说形容心中不安。隐忧：深忧。隐，痛。

③微：非，不是。

④匪：同“非”。鉴：铜镜。茹(rú)：度，容纳。

⑤据：依靠。

⑥薄言：语助词。愬(sù)：同“诉”，告诉。

⑦石：此处指磨石，研碎食物的石制工具。

⑧席：“蔗”的古字，供坐卧铺垫的家用织物，可以卷曲。

⑨棣棣：雍容娴雅、安详的姿态。选：通“巽”，软弱、怯惧、屈挠退让，含“并非软弱可欺”之意。

⑩悄悄：忧愁。愠(yùn)：恼怒，怨恨。

⑪觏(gòu)：同“遘”，遭逢。闵(mǐn)：指中伤陷害之事。

⑫寤：睡醒。辟(pì)：通"擗"，捶胸。摽(biào)：捶，打。

⑬日、月：指君主。居、诸：语助词。迭：交替。微：指隐微无光，昏暗不明。

⑭匪：彼，那。浣(huàn)：洗涤。

【赏析】

这首诗抒发了一个少妇爱情生活中的哀愁。全诗共五章三十句。

首章以"泛彼柏舟，亦泛其流"起兴，以"柏舟"作比。这两句是虚写，为设想之语。

"柏木船儿荡悠悠，河中水波慢慢流。圆睁双眼难入睡，深深忧愁在心头。不是想喝没好酒，姑且散心去遨游。"

次章紧承上一章，这无以排解的忧愁如果有人能分担，那该多好！女子虽然逆来顺受，但已是忍无可忍，此时此刻想一吐为快。

"我心并非青铜镜，不能一照都留影。也有长兄与小弟，不料兄弟难依凭。前去诉苦求安慰，竟遇发怒坏性情。"

第三章是反躬自省之辞。前四句用比喻来说明自己虽然无以消愁，但心之坚贞有异石、席，不能屈服于人。读诗至此，不由人从同情而至敬佩。

"我心并非卵石圆，不能随便来滚转；我心并非草席软，不能任意来翻卷。雍容娴雅有威仪，不能荏弱被欺瞒。"

诗的第四章倾诉了主人公的遭遇，真是满腹辛酸。入夜，静静地思量这一切，不由得抚心拍胸连声叹息，自悲身世。

"忧愁重重难排除，小人恨我真可恶。碰到患难已很多，遭受凌辱更无数。静下心来仔细想，抚心拍胸猛醒悟。"

末章作结，前两句“日居月诸，胡迭而微”，于无可奈何之际，把目标转向日月。一个幽怨悲愤的女子形象便宛然眼前了。

“白昼有日夜有月，为何明暗相交迭？无尽忧愁在心中，好似脏衣未洗洁。静下心来仔细想，不能奋起高飞越。”

全诗紧扣一个“忧”字，忧之深，无以诉，无以泻，无以解，环环相扣。五章一气呵成，娓娓而下，语言凝重而委婉，感情浓烈而深挚。诗人调用多种修辞手法，比喻的运用更是生动形象，“我心匪石，不可转也；我心匪席，不可卷也”，这几句最为精彩，经常为后世诗人所引用。

从诗中可以看到一个被婚姻问题搅扰的女子在河边心潮起

伏，她看着大河小舟，眼前出现了心上人的形象。滚滚的河水，与潮水般纷乱的思绪同一节奏，浮沉的小舟，最能勾起心绪的不宁。

这是以眼前的景象起兴，又巧妙地与心中所思所感相联系。这样的起兴手法，收到了情景交融的艺术效果。

这首诗既反映了古代女子敢于追求自由婚姻的胆识，又表现了她对理想爱情的忠贞专一。诗作将追求自由与坚持忠贞有效地统一起来，乃是传统恋爱观中最宝贵而应继承之所在。

也有人认为这首诗是以“隐忧”为诗眼、主线，逐层深入地抒写爱国忧己之情，倾诉个人受群小倾陷，而主上不明，无法施展抱负的忧愤。

首章便提出“忧”字，接着写不得“兄弟”的同情，深忧在胸，无法排遣；然后再写自己坚持节操，不随人转移；后边又写群小倾陷，而主上不明，只得捶胸自伤；最后抒发无法摆脱困境之愤懑，向最高统治者发出呼喊，从而将爱国感情表达得十分强烈。

特别值得一提的是诗作的语言亦复凝重而委婉，激亢而幽抑，侃侃申诉，娓娓动听，在《诗经》中别具一格。

蒹　葭

诗经·秦风

蒹葭苍苍，白露为霜。[1]
所谓伊人，在水一方。[2]
溯洄从之，道阻且长；[3]
溯游从之，宛在水中央。[4]

蒹葭凄凄，白露未晞。[5]
所谓伊人，在水之湄。[6]
溯洄从之，道阻且跻；[7]
溯游从之，宛在水中坻。[8]

蒹葭采采，白露未已。
所谓伊人，在水之涘。[9]
溯洄从之，道阻且右；

溯游从之，宛在水中沚。

【注释】

①蒹葭(jiān jiā)：芦苇。“苍苍”和以下的“凄凄”“采采”，都是形容芦苇茂盛之貌。意思相近，只是音韵的变化。为霜：俗称打霜，说明是秋天的早晨，露水结成了霜。下面的“未晞”“未已”，也是指霜露很重的清晨。

②伊：第三人称，指恋人。“在水一方”和下面的“在水之湄”“在水之涘”，都是指恋人在河那边的意思。

③溯洄(sù huí)：沿着曲折盘绕的河水逆流而上。“道阻且长”和以下的“且跻”“且右”，都是道路艰险的意思。

④宛：好像、似乎。“水中央”和以下的“水中坻”“水中沚”，意思也相近，都是指水中。

⑤萋萋(qī)：茂盛的样子，文中指芦苇长得茂盛。人教版为“萋萋”，苏教版为“凄凄”。晞(xī)：干。

⑥湄(méi)：水和草交接之处，指岸边。

⑦跻(jī)：升高，这里形容道路又陡又高。

⑧坻(chí)：水中的小洲或高地。

⑨涘(sì)：水边。

【赏析】

这是《诗经·秦风》中脍炙人口的著名情诗之一，描写一位痴情男子怀念远方恋人的心态。

全诗三章的大意是：

大片的芦苇青苍苍，清晨的露水变成霜。我所怀念的心上人啊，就站在对岸河边上。逆流而上去追寻她，追随她的道路险阻又漫长。顺流而下寻寻觅觅，她仿佛在河水中央。

芦苇凄清一大片，清晨露水尚未晒干。我那魂牵梦绕的人啊，她就在河水对岸。逆流而上去追寻她，那道路坎坷又艰难。顺流而下寻寻觅觅，她仿佛在水中小洲。

河畔芦苇繁茂连绵，清晨露滴尚未被蒸发完毕。我那苦苦追求的人啊，她就在河岸一边。逆流而上去追寻她，那道路弯曲又艰险。顺流而下寻寻觅觅，她仿佛在水中的沙滩。

这位痴情的主人公在秋天的清晨沿着曲折的河流去寻找河那边的心上人，尽管道路艰险，似乎情人就在河水之中，怎么也得找到她!读来情意缠绵，感人肺腑。

这是一首思望恋人而又求之不得的情诗。一个秋天的早晨，河边芦苇上的霜露还不曾干，诗人来寻访心中思念已久的“伊人”。而“伊人”所在的地方有流水环绕，好像藏身洲岛之上，可望而不可即，诗人寄托了自己在

爱情上所追求的理想，而这种美好的理想的实现又非一帆风顺。

全诗三章都以蒹葭、霜露起兴，引起了思念伊人的情思。首章露凝结为霜，显然是深秋，也暗示时间之早。后两章变为“未晞”“未已”，说明时间往前推移，表现出诗人伫立水滨，眼望蒹葭，思念伊人时间之久。细玩“所谓”二字，意中之人难向人说，而“在水一方”亦想象之辞，隐约缥缈，难以寻觅。又以“溯洄”“溯游”两番模拟，所以写其深企愿见之状；末句分别加一“宛”字，遂觉点睛欲飞，乃入神之笔。诗人通过一系列苍苍芦花、清晨露水、曲折河流、水中小洲等景物的描写，烘托出一种苍凉的意境和凄婉的情调，把求而未得的怅惘心情表现得很充分。全诗寓情于景，情景交融，引人入胜。

然而，这其间是否仅仅是“道阻且长”的阻隔呢？显然，道路的阻隔不见得就会如此难以逾越，这只不过是一种难以明言的假托，个中必然还有比道路更艰险的障碍。这种障碍的真意何在，读者不妨有自己见仁见智的想象。

如果把诗中的“伊人”认定为情人、恋人，那么，这首诗就是表现了抒情主人公对美好爱情的执着追求和追求不得的惆怅心情。精神是可贵的，感情是真挚的，但结果是渺茫的，处境是可悲的。

然而这首诗最有价值、最令人共鸣的东西，是它所创造的“在水一方”可望难即这一具有普遍意义的艺术意境。意境是一种格局、一种结构，它具有含容一切具备相似格局、类同结构的异质事物的性能，凡世间一切因受阻而难以达到的种种追求，都可以在这里发生同构共振和同情共鸣。

将仲子

诗经·郑风

将仲子兮！[1]
无逾我里，无折我树杞。[2]
岂敢爱之，畏我父母。
仲可怀也，[3]父母之言亦可畏也。

将仲子兮！
无逾我墙，无折我树桑。
岂敢爱之，畏我诸兄。
仲可怀也，诸兄之言亦可畏也。

将仲子兮！
无逾我园，无折我树檀。
岂敢爱之，畏人之多言。
仲可怀也，人之多言亦可畏也。

【注释】

①将：请求。仲子：对情人的称呼(仲是指排行第二，仲子也可译作二哥)。

②逾：超越、翻越。“逾里”和下面的“逾墙”“逾园”，都是爬过墙头到我家来的意思。无折我树杞(qǐ)：不要(因为爬墙)折断我家的柳树。下面两个“无折”句，含义相同，即不要折断我家的桑树、檀树。

③仲可怀也：你是可爱的，值得思恋的。这一句是点睛之笔，和下面的几个“可畏”相映照，唱出了妇女内心的无比哀痛之情。

【赏析】

先秦时代的男女交往，大约经历了防范、相对宽松，到逐渐森严的变化过程。这首诗反映了自由恋爱受到礼教限制的痛苦。热恋中的青年女子害怕情人来找她，不是不想他，只是因

为父母、兄弟的反对，邻里乡亲的流言蜚语给了她很大的压力。

“求求你，我的仲子，别翻越我家门户，别折了我种的杞树。哪是舍不得杞树呵，我是害怕父母。仲子你实在让我牵挂，但父母的话，也让我害怕。

求求你，我的仲子，别翻越我家围墙，别折了我种的绿桑。哪是舍不得桑树呵，我是害怕兄长。仲子你实在让我牵挂，但兄长的话，也让我害怕。

求求你，我的仲子，别越过我家菜园，别折了我种的青檀。哪是舍不得檀树呵，我是害怕邻人的毁谗。仲子你实在让我牵挂，但邻人的毁谗，也让我害怕。”

这首诗反映了古代的婚姻不自由，给妇女带来极大的痛苦。随着礼教桎梏的形成与加强，女性的爱情首先遭到束缚与摧残，这给她们带来了许多痛苦和矛盾。由于她们婚姻不能自主，因此与男子相爱会招致父母、兄弟以及邻居的责难和流言，造成一种精神上的压抑。

这首诗就是写一个少女既怀念情人又惧怕流言中伤的矛盾心情。诗分三章，分别指明父母、兄弟、邻里的人言可畏，反复叮咛情人不要轻易到她家来相会，表达了她对情人的纯真爱情和自己的顾虑。在对情人的叮咛中，可看出她所背负的沉重的枷锁，也可以看到她雪亮的心怀，她委婉的倾诉，说明她感情炽烈，但内心又充满痛苦，吐露了极其委婉动人的情感，同时也包含对礼教束缚的不满。

诗中虽然唱的是“岂敢爱之，畏我父母”云云，其实则是早已把自己的心交给了仲子，只不过用歌声来抗议父母、诸兄和社会舆论的干涉而已。

全诗字面上只见女主人公的告求和疑惧，诗行中却历历可见仲子的神情音容：那试图逾墙来会的鲁莽，那被劝止引发的不快，以及唯恐惊动父母、兄弟、邻居的犹豫，连同女主人公既爱又怕的情态，俱可于诗中得之。我国古代诗论特别注重诗的“情中景”“景中情”，这首诗作中所创造的，正是这种情中见景的高妙诗境。

伯　兮

诗经·卫风

伯兮朅兮，邦之桀兮。
伯也执殳，为王前驱。①

自伯之东，首如飞蓬。

岂无膏沐，谁适为容？②

其雨其雨！杲杲出日。
愿言思伯，甘心首疾。③

焉得谖草，言树之背。
愿言思伯，使我心痗！④

【注释】

①这四句的大意是说：丈夫很威武，不愧是民族的英雄；他拿起武器上前线打仗去了。伯，哥哥、妻子对丈夫的爱称。朅(qiè)，威武貌。桀，通“杰”，英杰。殳(shū)，兵器。

②这四句是说：自从丈夫去了东方作战，自己的头发就像散乱的蓬草一样；不是没有洗头的油膏，只是为谁打扮呢？首，指头发。蓬，蓬草。膏沐，洗头的油膏。

③这四句是说：我祈望下雨，偏偏是明亮亮的太阳；为了思念心上人，我心烦意乱，头痛欲裂。杲(gǎo)杲，明亮。首疾，头痛。

④这四句是说：要是有忘忧草，我将把它种在屋北；为了思念心上人，我心里万分难受。谖(xuān)草，即萱草，又名忘忧草。树，作动词用，种植。背，同“北”。痗(mèi)，病痛。

【赏析】

这是一首妻子怀念从军未归的丈夫的抒情诗。

全诗分为四章，首章用自豪的口吻想象丈夫在军队中英勇的气概。“伯”本是兄弟间排行的第一位，也就是老大，这里转用为妻子对丈夫的称呼(所以译作“大哥”)，口气中带着亲切感。这位丈夫值得骄傲的地方在于：一则他长得英武伟岸，是一国中的豪杰，同时也因为他非常勇敢，充当了君王的先锋。这也说明丈夫是值得妻子思念的人。

第二章写自从丈夫出征，妻子在家就不再打扮自己了，任由头发零乱得像蓬草，妻子不打扮的行为，足见其对丈夫的用情之专、用情之深。这后来成为中国古代情诗最典型的表达方法，对女性的美丽的暂时性的毁坏，表明她对异性的封闭，也表明她对丈夫的忠贞。

尽管诗中的女主人公算得上深明大义，她对自己的丈夫能“为王前驱”感到骄傲，但久久的盼待一次次落空仍然给她带来巨大的痛苦。第三章以天旱盼雨的心情来比喻盼望丈夫归来的心境。妻子已经思念到头痛也顾及不得了，更加体现出思念的迫切。

末章写妻子的期待、失望与难以排遣的痛苦以至于希望自己能够借忘忧草来“忘忧”，因为这“忧”已经使她不堪负担了，但是忘忧草不可得，而苦苦的思念也不可解。

诗必须有真实的感情，否则不能打动人；但诗人的感情也并非可以尽情抒发的，它常常受到社会观念的制约。

全诗充分表达了妻子对丈夫的思念，以及丈夫离开后妻子生活的紊乱，但是这种强烈感情经过责任感的梳理而变得柔婉。妻子思念丈夫，也为在战场上英勇作战的丈夫自豪，因此痛苦与哀愁，但并没有激烈的怨愤。

这样缠绵深婉的情感表现，在古代对于服役丈夫的思念的诗作中是十分普遍的，而这一首《伯兮》正是这一命题中的名篇。

山　　鬼

［战国·楚］屈　原

若有人兮山之阿，被薜荔兮带女罗。
既含睇兮又宜笑，子慕予兮善窈窕。①

乘赤豹兮从文狸，辛夷车兮结桂旗。
被石兰兮带杜衡，折芳馨兮遗所思。
余处幽篁兮终不见天，路险难兮独后来。②

表独立兮山之上，云容容兮而在下。
杳冥冥兮羌昼晦，东风飘兮神灵雨。

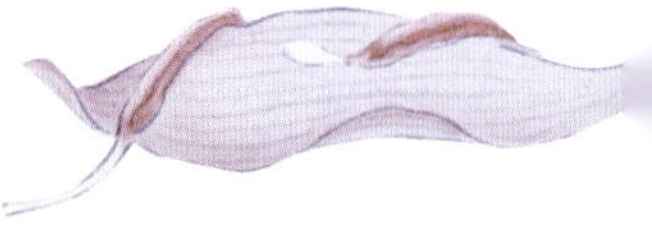

留灵修兮憺忘归，岁既晏兮孰华予。③

采三秀兮于山间，石磊磊兮葛蔓蔓。
怨公子兮怅忘归，君思我兮不得闲。
山中人兮芳杜若，饮石泉兮荫松柏。
君思我兮然疑作。
雷填填兮雨冥冥，猿啾啾兮狖夜鸣。
风飒飒兮木萧萧，思公子兮徒离忧。④

【注释】

①阿：山坡、曲隅、角落。薜荔：又称“木莲”，一种常绿灌木。女罗：植物名，又名菟丝，松萝。睇：斜着眼看。《说文》：“目小衺视也。”

②赤豹：毛赤而有黑色斑纹的豹。文狸：即纹狸。身上有花纹的狸，即“貉”，形状与猫相似，亦称“狸子”“狸猫”“山猫”。辛夷：木兰的别称。石兰：香草名，即山兰，兰草的一种。杜衡：即杜若，多年生草本植物，也作“杜蘅”。

③容容：同“溶溶”，宽广的样子。《楚辞·九叹·愍命》：“心溶溶其不可量

兮。”杳冥：幽暗、极高或极远以致看不清的地方。憺：安、安然、恬静。司马相如《子虚赋》：“憺乎自持。”孰华予：“华”同“花”，意即谁给我青春。

④意即怅惘、孤独、无限悲怆。三秀：灵芝。因其一年开三次花，故称三秀。狖(yòu)：古书上说的一种长尾猿。

【赏析】

《山鬼》是屈原《九歌》中的第九章。此诗是祭祀山鬼的祭歌，叙述的是一位多情的山鬼，在山中与心上人幽会以及再次等待心上人而心上人未来的情绪，描绘了一个瑰丽而又离奇的神鬼形象。

山鬼不是鬼，而是神，而且是风姿绰约的女神，是感情丰富、敢爱敢恨的女神。有人说，或许她就是巫山神女的化身；也有人说，她所在的那座山，也就是“巫山”。在屈原笔下，她是那样情意绵绵，幽思缱绻，对男山鬼（神）执着的爱恋和追求，感人至深。这首诗通过山鬼的自述，描绘了一位女神失恋的悲哀。

前四句破题，把女主人公介绍给读者：仿佛有人经过深山谷坳，身披薜荔腰束女萝。含情流盼嫣然一笑，温柔可爱身材窈窕。

第二章节“乘赤豹”六句是山鬼自述：来时驾着赤豹紧跟文狸，辛夷为车桂花饰旗，披着石兰结着杜衡，折了一枝鲜花送给心爱的人。

一路上竹林深邃不见天日，道路险峻所以来迟。

第三章节“表独立”六句写山鬼痴情等待心上人的情形：孤身一人伫立在山巅，云海茫茫催人泪下；山色幽暗白昼成了夜晚，在东风飞飙、天降神雨的山顶，我痴情地等着你，忘记了归去，这样下去，红颜凋谢了怎能永葆青春？

最后一章节的大意是：在山间采撷益寿的灵芝，岩石磊磊，葛藤四处缠绕。抱怨公子啊怅然忘记归去，既然你思念我又为何没空到来？山中人儿就像杜若般芳洁，口饮石泉头顶松柏。你想我是真是假哟？雷声滚滚细雨濛濛，苍茫夜色中猿鸣啾啾，风声飒飒落木萧萧，思念公子啊独自悲伤。看来，思念恋人竟是这样白受一番烦恼！

诗人在诗的开头就用极其精练的语言正面描绘这位女神的意志和姿容，她不但具备女性一切的美，而且是如此空灵缥缈，仪态万千。她渴望得到真诚的爱情，也十分恳挚地把自己的全部感情献给所爱的人。

作品通过她失恋，更表现出一种始终不渝、坚贞纯洁的情操，心理活动的刻画是细致而深微的。“子慕予兮善窈窕”“折芳馨兮遗所思”，闪耀着青春蓬勃的光辉，“岁既晏兮孰华予”，蕴藏着美人迟暮的无限哀怨；而“君思我兮不得闲”“君思我兮然疑作”“思公子兮徒离忧”，则标志着心理变化的三个过程。

尽管女神处于神魂迷惘的绝望境地中，支配她生命的力量仍然是爱情。千回百折，愈折愈深，凄凉与孤独，只能成为爱情对她的考验而

已。因而本篇所塑造的女神的艺术形象，集中地表现了一种纯真而执着的情怀。

诗人在末章运用了反衬手法：愈是渲染雷鸣啼猿之夜声，便愈加见出山鬼所处山林的幽深和静寂。正是在这凄风苦雨的无边静寂中，诗人的收笔则是一句突然迸发的哀切呼告之语：“思公子兮徒离忧！”这是发自心头的痛切呼号——她曾那样喜悦地拈着花枝，乘着赤豹，沿着曲曲山隈走来。至此，却带着无限哀怨和愁思，在风雨中凄凄离去，终于隐没在一片雷鸣和猿啼声中。

篇中写情的语言率真缠绵，状物的笔墨清新幽艳，两者结合而成和谐完整的抒情形象，在使抽象的感情感性化方面，有着很高的成就。

也许古人“以哀音为美”，就料想神灵必也喜好悲切的哀音。对于“哀”的情感体验深入人心，在祭祀中愈是表现出人生的哀思和悱恻，便愈能引得神灵的垂悯和呵护。

湘　君

[战国·楚] 屈　原

君不行兮夷犹，蹇谁留兮中洲？
美要眇兮宜修，沛吾乘兮桂舟。[1]
令沅湘兮无波，使江水兮安流。
望夫君兮未来，吹参差兮谁思！[2]

驾飞龙兮北征，邅吾道兮洞庭。
薜荔柏兮蕙绸，荪桡兮兰旌。[3]
望涔阳兮极浦，横大江兮扬灵。
扬灵兮未极，女婵媛兮为余太息。
横流涕兮潺湲，隐思君兮陫侧。[4]

桂棹兮兰枻，斫冰兮积雪。
采薜荔兮水中，搴芙蓉兮木末。[5]

心不同兮媒劳，思不甚兮轻绝！
石濑兮浅浅，飞龙兮翩翩。
交不忠兮怨长，期不信兮告余以不闲。⑥

朝骋骛兮江皋，夕弭节兮北渚。
鸟次兮屋上，水周兮堂下。⑦
捐余玦兮江中，遗余佩兮醴浦；
采芳洲兮杜若，将以遗兮下女。
时不可兮再得，聊逍遥兮容与！⑧

【注释】

①君：指湘君。夷犹：迟疑不决。蹇(jiǎn)：发语词。洲：水中陆地。要眇(yāo miǎo)：美好貌。宜修：恰到好处。沛：水大而急。桂舟：桂木制成的船。

②沅湘：沅水和湘水。无波：不起波浪。参差：指排箫，古乐器名。因用竹管编制，高低错落不齐，故曰“参差”。

③飞龙：雕有龙形的船只。邅(zhān)：转变。薜荔：蔓生香草。柏(bó)：通“箔”，帘子。蕙：香草名。绸：通“帱”，或作“幬”，帷帐。荪：香草，即石菖蒲。桡(ráo)：短桨。旌：旗杆顶上的饰物。

④涔(cén)阳：地名，即涔阳浦。在今湖南澧县一带，

洞庭湖和长江之间。极浦：遥远的水边。扬灵：显扬自己的精诚。一说即扬舲，扬帆前进。极：至，到达。女：侍女。婵媛：眷念多情貌。潺湲(chán yuán)：缓慢流动貌。陫(fěi)侧：即“悱恻”，内心悲痛的样子。

⑤棹(zhào)：长桨。枻(yì)：短桨。斫(zhuó)：砍。搴(qiān)：拔取、采摘。芙蓉：荷花。木末：树梢。

⑥媒劳：媒人徒劳。甚：深厚。轻绝：轻易断绝。石濑：石上急流，或指石潭。浅(jiān)浅：水流湍急的样子。期：相约。

⑦骋骛(wù)：急行。皋：水旁高地。弭(mǐ)：停止。节：策，马鞭。渚：水中的小洲。次：止息。周：周流。

⑧捐：抛弃。玦(jué)：环形玉佩。佩：佩饰。醴(lǐ)：澧水，在湖南省经澧县流入洞庭湖。芳洲：水中的芳草地。杜若：香草名，多年生草本，夏日开白花。下女：指身边侍女。容与：舒缓放松貌。

【赏析】

《九歌》共十一章，《湘君》和《湘夫人》是其中第三、四章。取材于上古神话舜帝和娥皇、女英的故事。《湘君》写的是湘夫人对湘君的思念和追求。

《湘君》表达了湘夫人因湘君未能如约前来而产生的失望、怀疑、哀伤、埋怨的复杂感情。第一段写美丽的湘夫人在作了一番精心的打扮后，乘着小船兴致勃勃地来到与湘君约会的地点，可是却不见湘君前来，于是在失望中抑郁地吹起了哀怨的排箫。首二句以问句出之，一上来就用心中的怀疑揭出爱而不见的事实，为整首歌的抒情作了明确的铺垫。以下二句说为了这次约会，她曾进行了认真的准备，把本已姣好的姿容修饰得恰到好处，然后才驾舟而来。这说明她十分看重这次见面的机会，内心对湘君充满了爱恋。正是在这种心理的支配下，她甚至虔诚地祈祷沅湘的江水风平浪静，能使湘君顺利赴约。然而久望之下，仍不见他到来，便只能吹起声声幽咽的排箫，来倾吐对湘君的无限思念。这一段的描述，让人看到了一幅望断秋水的佳人图。

第二段写湘君久等不至，湘夫人便驾着轻舟向北往洞庭湖去寻找，忙碌地奔波在湖中江岸，结果依然不见湘君的踪影。作品在这里把对湘夫人四处寻找的行程和她的内心感受紧密地结合在一起。她先是驾着龙舟北出湘浦，转道洞庭，这时她对找到湘君满怀希望；可是除了眼前浩渺的湖水和装饰精美的小船外，一无所见；她失望之余仍不甘心，于是放眼远眺涔阳，企盼能捕捉到湘君的行踪；然而这一切都毫无结果，她的心灵便再次横越大江，遍寻沅湘一带的广阔水域，最终还是没有找到。如此深情的企盼和如此执着的追求，使得身边的侍女也为她叹息起来。正是旁人的这种叹息，深深地触动和刺激了湘夫人，把翻滚在她内心的感情波澜一下子推向了汹涌澎湃的高潮，使她止不住泪水纵横，一想起湘君的失约就心中阵阵作痛。

第三段主要是湘夫人失望至极的怨恨之情的直接宣泄。首二句写湘夫人经多方努力不见湘君之后，仍漫无目的地泛舟水中，那如划开冰雪的船桨虽然还在摆动，但给人的感觉只是她行动的迟缓沉重和机械重复。接着用在水中摘采薜荔和树上收取芙蓉的比喻，既总结以上追求不过是一种徒劳而已，同时也为后面对湘君“心不同”“恩不甚”“交不忠”“期不信”的一连串斥责和埋怨起兴。这是湘夫人在极度失望的情况下说出的激愤之语，在表面的绝情和激烈的责备中，深含着希望一次次破灭的强烈痛苦；而它的原动力，又来自对湘君无法回避的深爱，正所谓爱之愈深，责之愈切。这首诗把一个大胆追求爱情的女子的内心世界表现得淋漓尽致。

第四段可分两层。前四句为第一层，补叙出湘夫人浮湖横江从早到晚的时间，并再次强调当她兜了一大圈仍回到约会地“北渚”时，还是没有见到湘君。从“捐余玦”至末为第二层，也是整首乐曲的卒章。把玉环抛入江中，把佩饰留在岸边，是湘夫人在过激情绪支配下做出的过激行动。以常理推测，这玉环和佩饰当是湘君给她的定情之物。而今他既然不念前情，一再失约，那么这些代表爱情和忠贞的信物留着又有何用，不如把它们抛弃算了。这一举动，也是上述四个“不”字的必然结果。读到这里，人们同情惋惜之余，还不免多有遗憾。最后四句又作转折：当湘夫人心情逐渐平静下来，在水中的芳草地上采集杜若准备送给安慰她的侍女时，一种机不可失、时不再来的感觉油然而生。于是她决定“风物长宜放眼量”，从长计议，松弛一下绷紧的心弦，慢慢等待。这样的结尾使整个故事和全首歌曲都余音袅袅，并与篇首的疑问遥相呼应，同样给人留下了想象的悬念。

全诗描写湘水配偶神对纯真爱情的追求和对美好生活的向往，诉说他们热烈怀恋对方的真挚情感和无缘相见的悲苦与怨愁，对配偶神怀着深深的同情和讴歌，抒发了死生契阔、会合无缘的绵绵凄怨之情。

湘 夫 人

[战国 · 楚] 屈 原

帝子降兮北渚，目眇眇兮愁予。
袅袅兮秋风，洞庭波兮木叶下。
登白薠兮骋望，与佳期兮夕张。
鸟何萃兮蘋中，罾何为兮木上？①

沅有茝兮澧有兰，思公子兮未敢言。
荒忽兮远望，观流水兮潺湲。
麋何食兮庭中，蛟何为兮水裔？
朝驰余马兮江皋，夕济兮西澨。
闻佳人兮召予，将腾驾兮偕逝。②

筑室兮水中，葺之兮荷盖。
荪壁兮紫坛，播芳椒兮成堂。
桂栋兮兰橑，辛夷楣兮药房。

罔薜荔兮为帷，擗蕙櫋兮既张。③
白玉兮为镇，疏石兰兮为芳。
芷葺兮荷屋，缭之兮杜衡。
合百草兮实庭，建芳馨兮庑门。
九嶷缤兮并迎，灵之来兮如云。④

捐余袂兮江中，遗余褋兮澧浦。
搴汀洲兮杜若，将以遗兮远者。
时不可兮骤得，聊逍遥兮容与。⑤

【注释】

①帝子：指湘夫人。眇眇(miǎo)：向远看的样子。愁予：使我忧愁。木叶：树叶。白薠(fán)：水草名，生湖泽间。骋望：纵目远望。佳期：和佳人的约会。张：设、展开、部署。《战国策·秦策》："张乐设饮，郊迎三十里。"萃：聚集。罾(zēng)：渔网。

②茝：白芷，一种香草。公子：指湘君。荒忽：意同恍惚，迷糊不清的样子。潺湲：水慢慢流动的样子。麋：兽名，即麋鹿。裔：本义是衣服的边缘，也泛指边沿。水裔即水边。皋：泛指岸边、水旁陆地。澨(shì)：水边、堤岸。腾驾：驾着马车奔腾。逝：往也、行也。偕逝：同往。

③葺：覆盖。荷盖：荷叶做屋顶。荪壁：用荪草(一种香草)装饰墙壁。紫坛：用紫贝装饰中庭。芳椒：一种香料。

桂栋：桂木做的屋栋(屋脊柱)。兰橑(liáo)：兰木做的屋椽。辛夷：即玉兰。楣：门上横梁。药：白芷。罔：通"网"，作结解。薜荔：又称"木莲"，常绿灌木。帷：帷帐。擗：剖开。蕙：一种香草。櫋(mián)：屋檐板。

④镇：镇压坐席之物。古人席地而坐之坐垫。疏：分疏，分陈。石兰、杜衡：都是香草。庑(wǔ)：堂下周围的走廊、廊屋。九嶷(yí)：山名，传说中舜的葬地，在湘水之南。这里指九嶷山神。灵：神，九嶷山中的众神。

⑤袂(mèi)：衣袖。褋(dié)：外衣。汀：水中或水边的平地。杜若：一种香草。远者：指湘夫人。骤得：数得，屡得。容与：悠闲的样子。

【赏析】

《湘夫人》是《湘君》的姊妹篇，描写湘君对湘夫人的思念和追求。

第一章节写美丽的公主快降临北岸，我愁绪满怀望眼欲穿。飒飒的秋风阵阵吹来，洞庭湖波浪翻涌树叶飘旋。登上白薠高地纵目远望，与她定好幽会共进晚餐。鸟儿为何聚集在水草之中，渔网为何悬挂在大树之上？

第二章节写沅水有白芷，澧水有幽兰，眷恋公主不敢明言。放眼大地苍茫空阔，瞩目流水清澈潺潺。麋鹿觅食为何来庭院，深潭的蛟龙为何搁浅在水边？早晨我骑马在江边奔驰，傍晚渡水到了西岸。闻听美人把我召唤，当立刻驾车前往与她共诉情怀。

第三章节主要是对情侣生活环境的憧憬：温馨的闺房建在水中，精心修葺用荷叶覆盖。以香荪抹墙紫贝砌庭坛。把香椒粉撒满厅堂。玉桂作屋栋，木兰作屋椽，玉兰作门楣，白芷饰房。编织木莲做成鸳鸯帐，剖开蕙草张挂在屋檐板上。

第四章节接着写甜美的梦境，众神仙也都纷纷来祝贺：拿来白玉镇压坐席，铺开石兰满屋飘香。白芷修葺荷叶屋顶，杜衡香草缠绕四壁。会聚百草摆满整个庭院，让整个屋廊香气弥漫。九嶷山的众神齐来祝贺，神灵的到来云霞满天。

最后一章节是失意者的懊丧。湘夫人没有如约到来，甜梦变作幽怨，但他没有丧失希望，还要不断追求：我扯下衣袖投入湘江，把外衣留在澧浦。从水中的绿洲采来杜若，一定要把它送到情人之手。欢乐的时光难以马上得到，姑且寄情山水以待明朝。

湘君、湘夫人这对神祇反映了原始初民崇拜自然神灵的一种意识形态和“神人恋爱”的构想。人们借神为对象，寄托人间纯朴真挚的爱情；同时也反映楚国人民与自然界的和谐。因为纵灌南楚的湘水与楚国人民有着血肉相连的关系，她像慈爱的母亲，哺育着楚国世世代代的人民。人们对湘水寄予深切的爱，把湘水视为爱之河，幸福之河，进而把湘水的描写人格化。神的形象也和人一样演出悲欢离合的故事，人民意念中的神，也就具体地罩上了历史传说人物的影子。这样一来，神的形象不仅更为丰富生动，也更能与现实生活中的人在情感上靠近，使人感到亲切可近，富有人情味。

诗题虽为《湘夫人》，但诗中的主人公却是湘君。这首诗的主题主要是描写相恋者生死契阔、会合无缘。作品始终以候人不来为线索，在怅惘中向对方表示深长的怨望，但彼此之间的爱情始终不渝则是一致的。

如果把这两首祭神曲联系起来看，那么这首《湘夫人》所写的情事，正发生在湘夫人久等湘君不至而北出湘浦、转道洞庭之时。因此当晚到的湘君抵达约会地北渚时，自然难以见到他的心上人了。作品即由此落笔，与《湘君》的情节结合紧密。

从情感的结构角度看，这首诗是以“召唤方式”呼应“期待视野”。《湘夫人》既然是迎神曲，必然是以召唤的方式祈求神灵降临。全诗以召唤湘夫人到来作为出发点，以期待的心理贯穿其中。

诗的前半段主要写湘君思念湘夫人时那种望而不见、遇而无缘的期待心情。中间经历了忧伤、懊丧、追悔、恍惚等情感波动。这些都是因期待而落空所产生的情绪波动。

诗的后半段是写湘君得知湘夫人应约即将到来的消息后，喜出望外，在有缘相见而又未相见的期待心情中忙碌着新婚前的准备事宜。

诗的末尾，湘夫人才出现，召唤的目的达到，使前面一系列的期待性的描写与此呼应。实际上，后半段的描写不过是湘君的幻想境界。出现这种幻想境界，也是由于期待心切的缘故。整首诗对期待过程的描写，有开端，有矛盾，有发展，有高潮，有低潮，有平息。意识线路清晰可见。

两汉　魏晋　南北朝

“感于哀乐，缘事而发。”

有所思

乐府民歌

有所思，乃在大海南。①
何用问遗君？
双珠玳瑁簪，用玉绍缭之。②

闻君有他心，拉杂摧烧之。③
摧烧之，当风扬其灰。④
从今以往，勿复相思！

相思与君绝！⑤
鸡鸣狗吠，兄嫂当知之。⑥
妃呼狶！⑦
秋风肃肃晨风飔，
东方须臾高知之。⑧

【注释】

①在大海的南边,有我所思念的人。

②问遗(wèi):赠送、赠与。瑁:即玳瑁,可制作装饰品的海龟甲。簪(zān):古人戴在头上的首饰,用于连接帽冠和发髻,长可一尺,两端可悬挂珠玉等饰物。绍缭:缠绕。

③拉杂:混杂、杂乱,此处意为折断、折毁。摧烧:烧毁。

④不仅烧毁,还要把灰通通扬弃掉。

⑤从今以后,不再想他了。要想的,就是如何彻底和他断绝关系。

⑥鸡鸣狗吠:犹言"惊动鸡狗"。古诗中常以"鸡鸣狗吠"借指男女幽会。

⑦妃呼狶(xī):表声词,惊叹语,类似"啊呀呀",表示她在回忆中产生了矛盾和动摇。

⑧晨风:鸟名。飔(sī):疾速貌。高:同"皓",明亮。

【赏析】

继《诗经》《楚辞》之后,在汉魏六朝文学史上出现的一种能够配乐歌唱的新诗体,叫作"乐府"。它曾大放异彩,是我国古代优秀文化宝库中的一颗明珠。

这首诗描写一个女子知道男子变心后的复杂情绪。她的意中人离开她去了南方,她曾备下精美珍贵的礼物想遥赠给他以表深情,但听到对方有"他心"时,便立刻将这些礼物折断烧毁,还把烧成的灰当风吹散掉,以发泄其愤恨。并下决心和他断绝情谊,表示从今以后,不用再情牵意挂了。然而,真的就此断绝吗？她又想起当初两人偷偷相会定情时惊鸡动犬的情景，连哥哥嫂嫂也早知道了，又觉得很难断绝，心中委决不下，表现了矛盾的心情。因此她一夜都没有睡好，当听到晨风鸟在萧萧的秋风中飞过之后，知道东方不一会就要发白，究竟断绝不断绝呢？太阳就要出来了，它知道我的心！

开头五句写其对远方的情郎心怀真挚热烈的相思爱恋：她所思念的情郎，远在大海的南边。相去万里，用什么信物赠与情郎，方能坚其心而表己意呢？问遗，犹言赠与。她经过一番精心考究，终于选择了“双珠玳瑁簪”。然而女主人公意犹未足，再用美玉把簪子装饰起来，更见美观。单从她对礼品非同寻常的、不厌其烦的层层装饰上，就可测出她那内心积淀的爱慕、相思的浓度和分量了。这几句写物寄情，以少总多，表达已言简意丰，情调复缠绵悱恻。

可惜天有不测风云，晴光潋滟的爱河上顿生惊涛骇浪，爱情的指针突然发生偏转，“闻君有他心”以下六句，写出了这场风波及其严重后果：她听说情郎已倾心他人，真如晴天霹雳！骤然间，爱的柔情化作了恨的力量，悲痛的心窝燃起了愤怒的烈火。她将那凝聚着一腔痴情的精美信物，愤然地始而折断，再而砸碎而烧毁，摧毁烧掉仍不能泄其愤、消其怒，复又迎风扬掉其灰烬。“拉、摧、烧、扬”，一连串动作，如快刀斩乱麻，干脆利落，何等愤激！

“相思与君绝”以下六句，写其由激怒渐趋冷静之后，欲断不能的种种矛盾、彷徨的复杂心态。“相思”句较上文“勿复相思”之果断决绝，口气已似强弩之末。盖“相思”乃长期

的感情积淀，而“与君绝”，只是一时愤激之念，二者本属对立而难统一，故此句实乃出于矛盾心情的叹惋，循此绪端，自然生出“鸡鸣狗吠，兄嫂当知之”的回忆和忧虑。此处亦谓女子忆昔与郎幽会往来，不免风吹草动，使兄嫂备悉隐情，而今若断绝，居家将何以见人？对兄嫂又如何解释？“妃呼狶”，正是她在瞻前顾后、心乱如麻的处境中情不自禁地发出的一声歔欷长叹。

此诗的结构，以“双珠玳瑁簪”这一爱情信物为线索，通过“赠”与“毁”及毁后三个阶段，来表现主人公的爱与恨，决绝与不忍的感情波折，由大起大落到余波不竭。中间又以“摧烧之”“相思与君绝”两个顶真句，作为爱憎感情递增与递减的关纽；再以“妃呼狶”的长叹，来连缀贯通昔与今、疑与断的意脉，从而构成了描写女子热恋、失恋、眷恋的心理三部曲。全诗层次清晰而又错综，感情跌宕而有韵致。其次，这首诗通过典型的行动细节描写（选赠礼物的精心装饰，摧毁礼物的连贯动作）和景物的比兴烘托（“鸡鸣狗吠”及末尾二句）来刻画人物的细微心曲，也是相当成功的。

全诗前后感情形成强烈对比，爱之深，所以恨之切，写她的决绝，正是写她的缠绵，从决绝中见缠绵。对她在爱情遭到波折前后的情绪，描写得很细腻、真切，其心绪缭乱之态，跃然纸上。

上　　邪

乐府民歌

上邪！①
我欲与君相知，②长命③无绝衰。

山无陵，江水为竭，冬雷震震，夏雨雪，
天地合，乃敢与君绝。④

【注释】

①上邪：上，指天，邪，即“耶”，疑问词，与“吗”“呢”等同义。此处是对苍天发誓的意思。

②相知：即相亲、相好。

③长命：永远。

④女主人公用自然界不可能发生的事情表明自己绝不“与君绝”的誓言：除非“高山变成平地，江水断流，冬天打雷，夏天下雪，天和地合二而一”，否则绝不和你分离。

【赏析】

我国古代写爱情的诗歌有两种显著不同的格调：一种是用曲折的笔法表现回肠百转式的爱情，一种是用奔放的笔法表现火山爆发式的爱情，《上邪》属于后者。

《上邪》是一首民间情歌，是一首感情强烈、气势奔放的爱情诗。诗中女子为了表达对情人忠贞不渝的感情，她指天发誓，指地为证，要永远和情人相亲相爱。

这是女子对恋人表示永不变心的誓言。

她说："天哪！我就是要跟你相爱，让我们的爱情永远永远不会断绝衰败。山平了，江水干了，冬天轰隆隆打雷，夏天纷纷地下雪，天和地都合在一起。只有到那个时候，我才能跟你诀别！"

前段女子指天发誓，大胆地、直截了当地从正面向情人表述自己的衷怀，后段又从反面表明自己对爱情的坚贞。这里列举五件不可能出现的自然现象作为爱情断绝的前提，无异说二人的爱情将与山水常在，与天地共存！

女主人公充分发挥她的想象力，一件比一件想得离奇，一桩比一桩令人难以思议。到"天地合"时，她的想象已经失去控制，漫无边际地想到人类赖以生存的一切环境都不复存在了。这种缺乏理智、夸张怪诞的奇想，是这位痴情女子表示爱情的特殊形式。

细味诗意，她之所以要用天崩地裂为喻，显然是在爱情上承受着巨大的压力，故而才向男方表示誓死不渝。这压力来自何方是不难想象的。所以，从另一角度看，这首诗实质上也是对封建礼教剥夺恋爱、婚姻自由的控诉。

汉乐府诗"各以其意为之，非有定式"。这首诗交错地使用了二字句、三字句、四字句、五字句、六字句，其长和短、舒缓和急促恰好与感情的起伏变化相配合。其所以节短韵长，直面愈婉，显得笔力纵横，是因为在短短的篇幅中有起伏的波澜。其实，这首诗简直不是用文字写成的，而是用热血、用烈火写成的。

从艺术上看，《上邪》的抒情极富浪漫主义色彩，其间的爱情欲火犹如岩浆喷发不可遏制，气势雄放，激情逼人。读《上邪》，仿佛可以透过明快的诗句，倾听到女子急促的呼吸之声。《上邪》是一首用热血乃至生命铸就的爱情篇章，其语言句式短长错杂，随情而布。音节短促缓急，字句跌宕起伏。

《上邪》构思奇持，语重千钧，对后世的影响很大。敦煌曲子词中的《菩萨蛮》在思想内容和艺术表现手法上明显地受到它的启发：“枕前发尽千般愿，要休且待青山烂。水面上秤锤浮，直待黄河彻底枯。白日参辰现，北斗回南面，休即未能休，且待三更见日头。”不仅对坚贞专一的爱情幸福的追求是如出一辙的，并且连续用多种不可能来说明一种不可能的艺术构思也是完全相同的。只是《上邪》愤激，发誓于欲相爱而不得之时，后者明快，发誓于已相爱而定情之后而已。

饮马长城窟行

乐府民歌

青青河畔草，绵绵思远道。
远道不可思，宿昔梦见之。①

梦见在我傍，忽觉在他乡。
他乡各异县，展转不相见。

枯桑知天风，海水知天寒。
入门各自媚，谁肯相为言！②

客从远方来，遗我双鲤鱼。
呼儿烹鲤鱼，中有尺素书。③

长跪读素书，书中竟何如，

上言加餐食，下言长相忆。④

【注释】

①远道：指远方的丈夫。不可思：这是说的反话。

②这两句是说枯桑虽然没有叶，仍然感到风吹，海水虽然不结冰，仍然感到天冷。比喻那远方的人纵然感情淡薄也应该知道我的孤凄、我的想念。枯桑，落了叶的桑树。

③双鲤鱼：古来有不同解释。一种说法是"古人多于鱼腹寄书"，或曰："相思感通，梦寐之间，若有使来遗者……命家童杀而开之，中遂得书。"另一种说法是："鱼腹中安得有书，古人以喻隐秘也。"第三种说法以明人杨慎为代表，他引古乐府诗句"尺素如残雪，结成双鲤鱼"为证，说明"古人尺素结为鲤鱼形即缄也，非如今人用蜡"。似应以后一说最为科学。"双鲤鱼"乃指古代放书信的函，即做成鲤鱼形状的两块木板中夹信。烹：是形象的说法，实即"打开"。尺素书：古人写文章或书信用长一尺左右的绢帛，称为"尺素"。素，生绢。书，信。

④长跪：伸直了腰跪着，古人席地而坐，坐时两膝着地，臀部压在脚后跟上。跪时将腰伸直，上身就显得长些，所以称为"长跪"。

【赏析】

这首民歌描写妇女怀念远方丈夫的情景，文字浅明，而情思深邃。

诗起头的"青青河畔草，绵绵思远道"是作者借着景色的铺陈，引发妇人触景生情，对远离家乡的丈夫的思念。

“绵绵”两字传达了两层意思：妇人“思绪的绵绵”是由“草的绵延不绝”引起的。由于路途的遥远，思念也是突然的，只好在梦中求得相会，然而才在梦中实现的愿望，醒过来后又是遥远的空间隔绝，依旧是“他乡各异县”，彼此无法相见。

这一段可以说是故事的前提，在修辞技巧上，“绵绵思远道。远道不可思”中的“远道”，“宿昔梦见之。梦见在我旁”中的“梦见”，以及“忽觉在他乡。他乡各异县”中的“他乡”，都是修辞技巧中的“顶针”句法。这样的连缀句子的方式，使得全段读起来有一种流畅的音乐性。

诗从她做梦写到盼信，反映了她的哀愁，从盼信写到得信，反映了她的喜悦。可是信中除了几句泛泛的安慰话以外，对于自己所盼望的归期竟只字未提，又暗示了她的失望。描写是极其曲折而细致的。

全诗换韵数次，文情相应，又前后平叙，中间忽然宕开，插入“枯桑”一联，以妙喻见深情，最后叙到书信内容即戛然而止，而思妇失望之情，自在言外。

诗中转韵处的顶针写法，诸如以“远道”“梦见”“他乡”等词语把上下句重叠勾连起来，也是民歌中常见的形式。

这首诗以思妇第一人称自叙的口吻写出，多处采用比兴的手法，语言清新通俗，语句上递下接，气势连贯，很有特色。全诗语言简短质朴，通俗易懂，但具有强烈的艺术感染力。

白头吟

乐府民歌

皑如山上雪，皎若云间月。
闻君有两意，故来相决绝！①

今日斗酒会，明旦沟水头；
躞蹀御沟上，沟水东西流。②

凄凄复凄凄，嫁娶不须啼。
愿得一人心，白头不相离。③

竹竿何袅袅，鱼尾何簁簁。
男儿重意气，何用钱刀为！④

【注释】

①皑、皎：都是形容白色、霜雪貌。有两意：就是有了二心。决绝：诀别。

②旦：天亮。明旦，即明天早上。躞蹀(xiè dié)：小步徘徊貌。沟水头：指皇城外的护城河，即禊沟。

③嫁娶：偏义复合词，这里指“嫁”。

④簁(shāi)簁：鱼跃貌。钱刀：即金钱。战国时燕、齐等国所铸钱币如马刀状，称为刀币。

【赏析】

卓文君和司马相如的恋爱故事，古今广为流传。文君夜奔相如、临邛当垆卖酒，已成为古代妇女冲破封建牢笼、争取婚姻自由的典范，写入了许多文学作品中，千百年传诵不衰。据《西京杂记》载：“相如将聘茂陵女为妾，卓文君作《白头吟》以自绝，相如乃止。”似乎他们的爱河中也曾起过波澜。因此若干选本都把此诗列为卓文君之作。但据《宋书·乐志》：“凡乐章古辞，今之存者，并汉世街陌谣讴，《江南可采莲》《乌生十五子》《白头吟》之属是也。”这就是说，《白头吟》实乃民间歌谣，并非文君因相如负心而作。《玉台新咏》《乐府诗集》等收入时，均列为古乐府诗。看来，文君与相如的爱情，蒙受了不白之冤。

嫌贫爱富思想，往往造成男女爱情的痛苦和婚姻的悲剧。这篇诗写的就是一个女子因为金钱关系被丈夫抛弃的情景。

诗作开篇明义：爱情应该像山上的雪一般纯洁，像云间月亮一样光明，听说你怀有二心，所以来与你决裂。

接着主人公表达了自己坚定的心：今日犹如最后的聚会，明日便将分手沟头。我缓缓地移动脚步沿沟走去，只觉你我宛如沟水永远各奔东西。

第三章节回忆过去：当初我毅然离家随君远去，就不像一般女孩儿凄凄啼哭。满以为嫁了个情意专一的称心郎，可以相爱到老永远幸福了。

末尾表达女主人公美好愿望：男女情投意合就该像钓竿那样轻柔细长，像鱼儿那样活泼可爱。男子汉应当以情为重，失去了真诚的爱情，是任何钱财珍宝都无法补偿的。

主人公对丈夫的爱情洁白无瑕，当她一旦明白了丈夫只重金钱不重情义而变了心以后，就决心和他决绝，不肯委曲求全。她没有求乞，没有眼泪，甚至没有对丈夫直接的谴责。相反，倒还与之举杯对饮相别，表现了何等的镇定!一颗燃着爱情之火的心，突然陷入被遗弃的痛苦，反而会变得异常坚强冷静，就像经过淬火处理后变得异常坚硬的利器一样。

这首诗作中女子少有的决绝之美，毫无顾忌地从主人公的身体内迸发出来。

这种美为世所稀。自她之后，女子的决绝竟也成了一种壮烈的美。

诗的后半部，从自己的切身经验出发，抒发世间女子的共同心愿：“愿得一心人，白头不相离。”全诗塑造了一个有见识、有决断、胸襟开阔的妇女形象。

这首汉乐府民歌巧妙地通过抒情主人公的言行，塑造了一个个性爽朗、感情强烈的女性形象。既真实地刻画了女主人公思虑万千的神情状态，同时也显示了她思想的冷静和周密。

上山采蘼芜

乐府民歌

上山采蘼芜，下山逢故夫。
长跪问故夫："新人复何如？"①
"新人虽言好，未若故人姝。
颜色类相似，手爪不相如。"②

"新人从门入，故人从阁去。"③
"新人工织缣，故人工织素。
织缣日一匹，织素五丈余。
将缣来比素，新人不如故。"④

【注释】

①蘼芜：又名江蓠，一种香草。故夫：过去的丈夫。长跪：见《饮马长城窟行》注。已离异的妇女见了前夫还要下跪，表现了男女地位的不平等。

②故人：指被弃的妇女。姝：美好。颜色：意指外貌。手爪：指纺织裁剪之类手工技巧。

③这是妇人的悲愤语：新娶的妻子从大门进来，被遗弃的女人只能从旁门出去。门，大门。阁，旁门。《尔雅》："小闺谓之阁。"

④工：擅长。缣：黄色的绢，质量较差。素：白色的绢，质量较好。匹：古时量制，一匹为四丈。

【赏析】

这首诗全篇是弃妇和故夫偶尔重逢时的一番简短对话。弃妇向故夫打听"新人"的情况："新人复何如？"一个"复"字用得意味深长，既透露出弃妇心中的无限委屈怨恨，又带着一丝本能的妒意。故夫则回答："容颜不如你，手脚更不如你麻利。"弃妇则冷冷地刺了他一句："新人从门入，故人从阁去。"心怀愧意的故夫急于表白，于是得出"新人不如故"的结论。这首诗的本意是诉说弃妇不幸的命运，却不从正面写弃妇的哀怨委屈，反而写出了故夫的念旧。作者没有做任何正面的说明和谴责，但是故夫的念旧使读者了解到弃妇是一个美丽勤劳的女子，她的被弃是完全无辜的，她的命运决定于丈夫一时的好恶。至于那位"新人"的命运也就不难猜测了。

古人相信蘼芜可使妇人多子，而诗以"采蘼芜"起兴，则女方的被弃很可能是因为她不育。在封建时代，"不孝有三，无后为大"，故妇女不育被列为"七出"之一。

其实，"新人从门入，故人从阁去"一联，一荣一辱，一喜一悲，尖锐对照，蕴含着弃妇多少隐痛！从这里可以看出在封建宗法制度下妇女所遭受的又一种更为深刻的痛苦，这首诗就委婉地抒写了妇女的这种悲惨遭遇。

诗中除起首三句叙事，其余都是这对已经离异的夫妻问答之辞，它不写弃妇的哀怨，也不写她的怀念故夫，而写故夫之怀念弃妇，不仅写法颇为别致,而且也更见出女主人公的被弃是无辜的。

诗作截取巧遇场面虽适宜于描写眼前事，却不易展示诗中人物与事件的过去和未来；而篇末让男子作一比较，不仅弃妇的生活一切了然，而且连“新人”今后将遭受何种命运，亦可大致预见。故此种匠心安排，使时空领域大为开阔，为读者留下了诗外的无尽回味。

行行重行行

古诗十九首

行行重行行，与君生别离。①
相去万余里，各在天一涯。②
道路阻且长，会面安可知。

胡马依北风，越鸟巢南枝。③
相去日已远，衣带日已缓。
浮云蔽白日，游子不顾返。

思君令人老，岁月忽已晚。④
弃捐勿复道，努力加餐饭。⑤

【注释】

①重(chóng)：又。

②天一涯：边际、极限。形容极遥远的地方。

③胡马：古代称北边或西域的民族为胡。胡马，代指北行的丈夫。越鸟：古时江浙粤闽之地为越族所居，谓之百越。后将越作南方的泛称。越鸟，代指留在家里的妻子。

④老：并非实指年龄，而指消瘦的体貌和忧伤的心情，是说心身憔悴，有似衰老而已。晚：指行人未归，岁月已晚，表明春秋忽代谢，相思又一年，暗喻青春易逝。

⑤弃捐：抛弃。

【赏析】

《古诗十九首》最早见于《文选》，为南朝梁萧统从传世无名氏《古诗》中选编，列在“杂诗”类之首，均以诗的第一句为题，后遂作为组诗传世。十九首的作者有多种说法，有人认为其中有枚乘、傅毅、曹植、王粲等人。《玉台新咏》就把其中八首题为枚乘作，后人多疑其不确。一般认为，《古诗十九首》并不是一时一人之作。《行行重行行》是其中第一首，也是最古老的送别诗之一。

这是思妇怀夫之作。首六句追叙他们别离往事，从初别写到路远会难。

“你走啊走啊老是不停地走，就这样活生生分开了你我。从此你我之间相距千万里，我在天这头你就在天那头。路途那样艰险又那样遥远，要见面可知道是什么时候？”

后描述相思之苦，先以胡马、越鸟尚知眷恋故乡为喻，希望对方也能早日回家欢聚，然后诉述自己的相思憔悴和游子行不思返，两相对照。

“北马南来仍然依恋着北风，南鸟北飞筑巢还在南枝头。彼此分离的时间越长越久，衣服越发宽大，人越发消瘦。飘荡游云遮住了太阳，他乡的游子不想回还。”

最后以抑制着自己精神上的痛苦，表示什么都撇开不谈，转而希望对方多加保重作结，语浅意深。

“只因为想你使我都变老了，又是一年，很快到了年关。还有许多心里话都不说了，只愿你多保重切莫受饥寒。”

女主人忠厚善良的性格，通过她的自白，跃然纸上。

诗作首句五字，连叠四个“行”字，仅以一“重”字绾结。“行行”言其远，“重行行”言其极远，兼有久远之意，翻进一层，不仅指空间，也指时间。于是，复沓的声调，迟缓的节奏，疲惫的步伐，给人以沉重的压抑感，痛苦伤感的氛围，立即笼罩全诗。

诗中有两次“相去”：第一次与“万余里”组合，指两地相距之远；第二次与“日已远”组合，指夫妻别离时间之长。相隔万里，日复一日，是忘记了当初旦旦誓约，还是为他乡女子所迷惑，正如浮云遮住了白日，使明净的心灵蒙上了一片云翳。

从诗中，我们可以看到他们相隔得多么遥远，别离的时间多么长久，相思又是多么深切。至于为什么分离和会合无期，诗以“浮云蔽白日”作了交代，点明这一悲剧是社会原因造成的。

全诗直接诉说相思的有“思君令人老”一句，整首诗通过充满感情的语调，追叙往事，描述现状，夹叙夹议，一唱三叹，把相思之情发挥得淋漓尽致。

诗中淳朴清新的民歌风格，内在节奏上重叠反复的形式，同一相思别离用或显、或寓、或直、或曲、或托物比兴的方法层层深入，这种单纯优美的语言，正是这首诗具有永恒艺术魅力的缘由。

涉江采芙蓉

古诗十九首

涉江采芙蓉，兰泽多芳草。①
采之欲遗谁？所思在远道。②
还顾望旧乡，长路漫浩浩。③
同心而离居，忧伤以终老。④

【注释】

①芙蓉：即荷花。兰泽：长着兰草的低湿地带。

②遗：赠送。古时就有互相赠送鲜花香草表示恩爱感情的风俗。

③还顾：回顾，回头看。旧乡：故乡。漫浩浩：犹“漫漫浩浩”，形容路途的遥远无尽头。形容无边无际。

④同心：古代习用的成语，多用于男女之间的爱情或夫妇感情融洽。终老：度过晚年直至去世。

【赏析】

这是《古诗十九首》中的第六首，《玉台新咏》题为枚乘作，是一首远方游子怀念故乡情人的忧情诗。

这首诗写游子与故乡的“同心”人分隔两地，音信不通的痛苦。他对“同心”人怀念既久，无以致其殷勤，故欲采江上芙蓉、兰泽芳草，赠之以通情好。

古代有赠香草结思情的习俗，屡见于《诗经》和《楚辞》。诗人通过采芳难赠这一细节的描写，表现了游子面对漫漫道路而无可奈何的惆怅，言辞浅显而寄意遐深。

无奈路远难致，瞻望故乡而漫漫长路，浩浩无涯，心愿难遂。同心人之难得，自属可伤，幸得之而复分隔两地，音信不通，这更是难以排遣的痛苦。于是发出了天各一方，忧伤终老的慨叹。

诗中的境界应该不是空间的转换和女主人公的隐去，而是画面的分隔和同时显现：一边是痛苦的妻子，正手拈芙蓉、仰望远天，显得那么孤独而凄清；一边则是云烟缥缈的远空，隐隐约约摇晃着返身回望丈夫的身影，那一闪而隐的面容，是十分愁苦的。两者之间，则是层叠的山峦和浩荡的江河。双方都茫然相望，当然谁也看不见对方。正是在这样的静寂中，天地间幽幽响起了一声凄伤的浩叹：“同心而离居，忧伤以终老！”这浩叹无疑发自女主人公心胸，但因为是在“对面”悬想的境界中发出，读者所感受到的，就不是一个声音。它仿佛来自万里相隔的天南地北，是一对同心离居的夫妇那痛苦叹息的交鸣。这就是诗之结句所传达的意韵。

《涉江采芙蓉》为表现游子思乡的苦闷，不仅虚拟了全篇的“思妇”之辞，而且在虚拟中又借思妇口吻，“悬想”出游子“还顾望旧乡”的情景。这样的诗情抒写真是一种绝妙的奇想了！

迢迢牵牛星

古诗十九首

迢迢牵牛星，皎皎河汉女。①
纤纤擢素手，札札弄机杼。②
终日不成章，泣涕零如雨。③
河汉清且浅，相去复几许？
盈盈一水间，脉脉不得语。④

【注释】

①迢迢(tiáo)：遥远。牵牛星：隔银河和织女星相对，俗称“牛郎星”，是天鹰星座的主星，在银河南。皎皎：明亮的样子。河汉：即银河。河汉女，指织女星，是天琴星座的主星，在银河北。织女星与牵牛星隔河相对。

②纤纤：形容女子的手细长柔软。擢(zhuó)：织布的动作。札札：象声词，织布机声。杼：织布的梭子。

③终日不成章：是用《诗经·大东》语意，说织女终日也织不成布。《诗经》原意是织女徒有虚名，不会织布，这里则是说织女因害相思，而无心织布。章，指布匹。零：落下。

④盈盈：仪态美好、流水清澈貌。间(jiàn)：隔，之间。脉脉：凝视貌，形容藏在内心的思想感情。

【赏析】

《迢迢牵牛星》是《古诗十九首》中的第十首，《玉台新咏》题为枚乘作。描写闺中少妇望夫归，就像织女盼牛郎那样，凝结着无限的忧思。

神话故事中牛郎织女的爱情为王母所破坏，使之分居银河两岸，隔河相望而不能聚会。诗人运用比兴手法，借织女想望牛郎的愁苦心情来抒写现实中男女爱情受到阻碍的痛苦。作品通过奇妙的想象，把牛郎织女彼此眷恋、含怨的精神状态描绘得极其动人。“脉脉不得语”五字，蕴藏着多少情意，把双方神情都形象而生动地传达出来。

此诗描写天上的一对夫妇牵牛和织女，视点却在地上，是以第三者的角度观察他们夫妇的离别之苦。

开头两句分别从两处落笔，言牵牛曰“迢迢”状，织女曰“皎皎”。“迢迢”“皎皎”互文见义，不可执着。牵牛也“皎皎”，织女也“迢迢”。他们都是那样的遥远，又是那样的明亮。但以“迢迢”属之牵牛，则很容易让人联想到远在他乡的游子，而以“皎皎”属之织女，则很容易让人联想到女性的美。如此说来，似乎又不能互换了。如果因为是互文，而改为“皎皎牵牛星，迢迢河汉女”，其意趣就减去了一半。诗歌语言的微妙于此可见一斑。称织女为“河汉女”是为了凑成三个音节，而又避免用“织女星”三字。上句已用了“牵牛星”，下句再说“织女星”，既不押韵，又显得单调。“河汉女”就活脱多了。“河汉女”的意思是银河边上的那个女子，这说法更容易让人

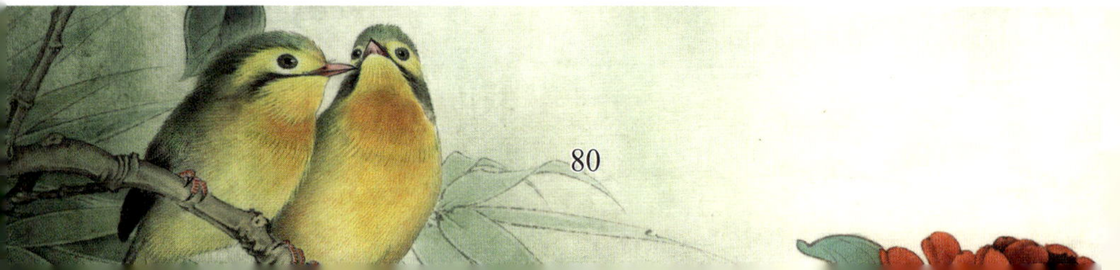

联想到一个真实的女人，而忽略了她本是一颗星。

不知作者写诗时是否有这番苦心，写法不同，艺术效果亦迥异。总之，“迢迢牵牛星，皎皎河汉女”这十个字的安排，可以说是最巧妙的安排而又具有最浑成的效果。

这首诗一共十句，其中六句都用了叠音词，即“迢迢”“皎皎”“纤纤”“札札”“盈盈”“脉脉”。这些叠音词使这首诗质朴、清丽，情趣盎然。不仅音律谐美，而且更有效地表达了情意缠绵之致。

这首诗抓住银河、机杼这些和牛郎织女的神话相关的物象，借写织女有情思亲、无心织布、隔河落泪、对水兴叹的心态，实际来比喻人间的离妇对辞亲远去的丈夫的相思之情。

这首诗想象丰富，感情缠绵，用语婉丽，境界奇特，是相思怀远诗中的新格高调。诗中又多用叠字，增强了诗的节奏美，诵读时要把这一节奏美表现出来。

这首诗借神话传说中牛郎、织女被银河相隔而不得相见的故事，抒发了因爱情遭受挫折而痛苦忧伤的心情。诗作后两句尤为经典，一个饱含离愁的少妇形象若现于纸上，意蕴深沉风格浑成，是极难得的佳句。

琴歌二首

[汉] 司马相如

凤兮凤兮归故乡，
遨游四海求其凰。
时未遇兮无所将，①
何悟今夕升斯堂。
有艳淑女在闺房，
室迩人遐毒我肠。②
何缘交颈为鸳鸯，
胡颉颃兮共翱翔。③

皇兮皇兮从我栖，
得托孳尾永为妃。④
交情通体心和谐，
中夜相从知者谁。⑤
双翼俱起翻高飞，

无感我思使余悲。⑥

【注释】

①“凤兮凤兮”三句说：他辞官归来，周游四海，寻求理想中的伴侣。但至今还未交上好运，没找到合适的对象。

②“何悟今夕”三句说：没想到今夜来到这里，闺房中有一位美丽的佳人，但却无法接近，好让我伤心啊！室迩人遐，即“思之而未得见之辞也”(《朱熹集传》)。毒，作伤心、痛苦解。

③“何缘交颈”两句说：怎么才能结成鸳鸯伴侣，像鸟儿一样并翅飞翔呢？颉颃(xié háng)，鸟上下翻飞貌。

④“皇兮皇兮”两句说：跟我来吧，永远做我的妻子，共同繁育后代。皇，同“凰”。孳尾，一作“字尾”，生殖、繁育之意。《书·尧典》：“厥民析，鸟兽孳尾。”《孔安国传》：“乳化曰孳，交接曰尾。”妃，配偶、妻子。

⑤“交情通体”两句说：我俩心心相印，你半夜里来有谁知道呢？

⑥最后一句说，你要是不理解我的心意，我多痛苦啊！

【赏析】

据《史记·司马相如列传》记载：他入京师、梁国宦游归蜀，应好友临邛（今四川邛崃）令王吉之邀，前往做客。当地头号富翁卓王孙之女卓文君才貌双全，精通音乐，青年寡居。一次，卓王孙举行数百人的盛大宴会，王吉与相如均以贵宾身

份应邀参加。席间，王吉介绍相如精通琴艺，请他弹奏，相如就当众弹了两首琴曲，意欲以此挑动文君。“文君窃从户窥之，心悦而好之，恐不得当也。既罢，相如乃使人重赐文君侍者(婢女)通殷勤。文君夜亡奔相如，相如乃与驰归成都。”这两首诗，据说就是相如弹琴歌唱的《凤求凰》歌词，是司马相如追求卓文君，暗示卓文君来与自己一起私奔结为夫妇的琴曲歌词。

第一首琴歌是自我感叹，以凤求凰比喻男子追求女子，抒写了对卓文君无限倾慕和热烈追求的愿望。

第二首琴歌则是直接向卓文君求爱的，表明两人之间情投意合，并进一步以凤凰的“双翼俱起翻高飞”来直接暗示卓文君可于夜间前来相会与自己一起潜逃，最后又恳求她切勿使自己失望与悲哀。这一首的情感写得更为大胆炽烈。

这两首琴歌之所以让后人津津乐道，首先在于“凤求凰”表现了强烈的反封建思想。

司马相如敢于突破封建礼教的束缚，热烈追求爱情，而卓文君也为司马相如的才华和情意所感动，一见倾心，不顾严父闺训，毅然投奔司马相如。知音相逢，有情人终成眷属。他们大胆地追求爱情自由的故事，成为千古流传的佳话。这两首诗生动地记录了这对历史恋人纯洁而真挚的爱情。

其次，在艺术上，这两首琴歌以“凤求凰”为通体比兴，不仅包含了热烈的求偶，而且也象征着男女主人公理想的非凡、旨趣的高尚、知音的默契等丰富的意蕴。

相如自喻为凤，比文君为凰，在本诗的特定背景中有多重含义。其一凤凰是传说中的神鸟，雄曰凤，雌曰凰。故此处比为凤凰，正有浩气凌云、自命非凡之意。其二，古人常以“凤凰于飞”“鸾凤和鸣”喻夫妻和谐美好。其三，凤凰又与音乐相关，文君雅好音乐，相如以琴声“求其凰”，正喻以琴心求知音之意。

全诗言浅意深，音韵流畅，感情热烈奔放而又深挚缠绵，融楚辞骚体的旖旎绵邈和汉代民歌的清新明快于一炉。即使有些说法认为其实后人伪托之作，亦并未减弱其艺术价值。

留别妻

[汉] 苏　武

结发为夫妻，恩爱两不疑。
欢娱在今夕，燕婉及良时。①

征夫怀远路，起视夜何其。②
参辰③皆已没，去去从此辞。
行役在战场，相见未有期。
握手一长叹，泪为生别兹。④

努力爱春华，莫忘欢乐时。
生当复来归，死当长相思。⑤

【注释】

①开首四句写新婚之夜的欢娱。燕婉，举止安闲和顺，形容夫妻恩爱。

②“征夫”两句：尽管闺房乐趣无穷，但丈夫惦记着遥远的征途，不得不起来观看天色。《诗经·小雅》：“夜如何其？夜未央。”

③参辰：又称参商。我国古天文学将恒星分类为二十八宿，参、商是其中两个星宿名。参星是西方白虎七宿之一，商星是东方青龙七宿之一，这两颗星此起彼落，永不见面。皆已没：指夜将尽、天将曙之际。也喻夫妻分离，难以相会。

④生别：参看《行行重行行》。含永别离之痛感。

⑤最后四句为临别赠言，表明永远相爱，至死不渝的誓愿。

【赏析】

《苏武与李陵诗四首》是东汉无名氏假托苏武之名，所作的一组五言诗歌，收入在南朝萧统《文选》卷二十九里。《玉台新咏》收此篇时，题作《留别妻》。清沈德潜《古诗源》则仍以苏武《诗四首》入选。也有的古诗选本列为无名氏之作。

这是写征夫和妻子分别的诗。诗作先述平时的恩爱，次说临别难舍，最后嘱来日珍重。

前四句写夫妻平日两相恩爱，而今夜更应珍惜这行将分别时一刻千金的宝贵时间。这一段用墨不多，却通过展现在人们面前的新婚夫妇那种恩爱、琴瑟和鸣的欢乐情景，把一种人生和青春的愉悦传递给了读者。

中间八句写一夜间征夫与妻子依恋难舍的情景。作者在此笔锋陡转，在点出主人公“征夫”身份的同时，随即将开头轻

松、欢快的气氛一下子抛入生离死别的无限悲哀。诗中的男子惦念着不久将要上路，时不时地起身探望窗外的天色。因为他心里清楚地知道，只要天一亮，他就要启程应征，那漫无期限的离别将要取代新婚的片刻欢愉。所以当他看到参辰星已在天边隐去，天将破晓时，心中顿时涌起一股难以言传的酸楚。人世间的一般离别，已使人为之黯然销魂，何况新婚燕尔正是人生“花好月圆”之时，又何况这对年轻的恩爱夫妻所面临的不是一般的离别，而是奔赴战场、相见无期的生死离别。这怎能不叫人五内俱裂，泪如泉涌？“握手一长叹，泪为生别兹”，读着这样的诗句，这对青年男女无限悲怆、难以自持的情景如在眼前，此景此情催人泪下，历千年而不灭其震撼人心的强大力量。

后四句写丈夫强忍悲痛，劝勉妻子多加珍重，并重申对于爱情的坚贞不渝。这段对话不仅展示了人物朴实、美好的内心，而且更充实了诗首二句中“两不疑”的内容，使全诗增添了一种悲剧气氛。

诗人先以回忆平日的两相欢爱来反衬今夜离别之悲苦，终以对再来的希望之渺茫来正衬眼前离别之惆怅，更见得相互依恋，柔肠寸断。然而，由于他们对于爱情坚如金石，故感情虽然沉重，但辞意从容委婉，风格舒缓娴雅，于缠绵悲惋之中，兼寓宽和柔美之致。

七　　哀

［魏］曹　植

明月照高楼，流光正徘徊。
上有愁思妇，悲叹有余哀。

借问叹者谁，言是宕子妻。①
君行逾十年，孤妾常独栖。

君若清路尘，妾若浊水泥。②
浮沉各异势，会合何时谐？

愿为西南风，长逝入君怀。
君怀良不开，贱妾当何依。③

【注释】

①宕：流荡，游荡。宕子，意即“流浪汉”。《谷梁传·文公十一年》：“长狄兄弟三人佚宕中国。”

②清：形容路上尘。浊：形容水中泥。二者本是一物，

③可怜的怨妇只能向负心丈夫发出哀鸣，宁愿死到他的怀里去，但如果负心郎不打开善良胸怀，那她还会有什么依靠呢？良，《说文》：“良，善也。”

【赏析】

《七哀》是乐府题，起于汉代末年。其基调就是一个“哀”字。这首诗表现了一个怨妇的悲苦。丈夫离家十年未归，音信渺茫，不知何所依。

这首诗写一个“愁思妇”的丈夫长期客游在外，已十多年没有归家。她长期孤栖寂寞，夜夜对月怀人，忧思无尽，而且还担忧着丈夫会由于地位的升高而变心，夫妇难以再度会合。她愿意像西南风一样吹到丈夫身边与他重叙旧日之情，但又怕为丈夫所不见。

首两句“明月照高楼，流光正徘徊”运用了“兴”的手法带出女主角的背景。次两句“上有愁思妇，悲叹有余哀”运用了“赋”的表达方法，承接上两句直接点出本诗的主角——愁思妇的情怀——悲叹和哀伤。第五、六句“借问叹

者谁，言是宕子妻”也是以“赋”的方法来表达的，但是以问答的方式来达到“赋”的表达效果的。第七、八句承接上文，继续以“赋”的手法表达。思妇诉说她的孤独和寂寞。第九、十句运用了“比”的手法进一步表达思妇的哀怨情怀。将夫君比喻为路中的清尘，将自己比喻为污浊的水和泥，喻意两人相差太远，难以融合在一起。也比喻夫君高高在上，对己不屑一顾，自己卑微在下，不能攀附，非常悲哀。第十一、十二句承接上文，同时以“比”和“赋”的手法表达思妇的哀怨情怀。第十三、十四句是运用了“比”的手法表达思妇的心志。思妇见弃，不单不以怨报之，反而愿意牺牲自己：“可以的话，我愿意化作西南风，在人间消失而进入夫君的怀抱中！”第十五、十六句运用了“赋”的方法表达思妇被冷待的遭遇和情怀。哀怨之情，直透长空。

诗以月光烘托环境，表现出一种对月怀人的感伤气氛，以“清路尘”与“浊水泥”作比喻，说明夫妻地位悬殊而无从会合，又以“愿为西南风”二句写出思妇的一往情深，以“君怀良不开”二句写出她心中的顾虑和担忧。全诗细致地刻画了这位思妇忧思怨苦的心境。

诗写得哀怨凄婉，并用浪漫主义手法，写出了“愁思妇”为追求幸福生活而不惜变作异物的誓愿，这种描写，深刻到了主人公的内心世界，而且合情合理，真实自然。

这首诗的起句与结尾都相当精妙。起句既写实

景，又渲染出凄清冷寂的气氛，笼罩全诗。月照高楼之时，正是相思最切之际，曹植所创造的“明月”“高楼”“思妇”这一组意象，被后代诗人反复运用来表达闺怨。诗歌结尾，思妇的思念就像那缕飘逝的轻风，这缕轻风与开首的那道月光共同构成了一种幽寂清冷的境界。

情　　诗

[晋] 张　华

清风动帷帘，晨月照幽房。
佳人处遐远，兰室无容光。①
衿怀拥虚景，轻衾覆空床。
居欢惜夜促，在蹙怨宵长。②
抚枕独啸叹，感慨心内伤。

【注释】

①这里是说，虽在清风明月的幽美环境里，佳人的兰室也黯然无光。容光，面容的光彩。曹植《离别诗》："人远精魂近，寤寐梦容光。"

②居欢：和丈夫在一起时的欢乐。蹙：有的版本作"戚"，忧伤。

【赏析】

《玉台新咏》载张华情诗五首，都是写夫妻离别后的相思情。

第一首开宗明义，交代人物、场景和情的缘由；

第二首写思妇月下的眷念；

第三首写思妇整夜失眠；

第四首写山川阻隔，路远难会；

第五首转到游子身上，他摘兰蕙而无从寄赠。

五诗独自成篇，而从环境描写、情绪表达、男女主人公身份、写作人称看，又是一个整体，可视为组诗，合成夫妻别离后“情思”的全过程。

这里选的是第三首，前四句写闺房的凄清景象。中间在回忆中对比：和丈夫欢度春宵时觉得夜晚太短促，独守空房又怨恨夜晚太长。最后自己只能独自抱着枕头哀叹，内心的伤痛漫无止境。

此五言诗，写一个少妇因思念远方的丈夫夜不能寐时的种种感受。对于一个相思女子，白昼虽然漫漫，但是寂寞长夜却更加难挨。尤其是月明风清的良宵美景更勾起她对远方丈夫的无限怀念，“拥”“虚”“空”等字颇具匠心，绝非信手拈来，道尽了昔日夫妻间缠绵的恩爱。

张华的《情诗》，是学习模仿“古诗”来的。西晋初年，张华首开学习模仿“古诗”的风气。汉末佚名氏的“古诗”，是张华《情诗》的一个源头。《情诗》中的“清风动帷帘，晨月照幽房”，即“古诗”《明月何皎皎》的“明月何皎皎，照我罗床帏”；《情诗》中的“居欢惜夜促，在蹙怨宵长”即“古诗”中的“忧愁不能寐”；《情诗》中的“襟怀拥虚景，青衾覆空床”即“古诗”中的“明月何皎皎”“揽衣起徘徊”；《情诗》中的“抚枕独啸叹，感慨心内伤”，即“古诗”中的“引领还入房，泪下沾裳衣”。弥漫在《情诗》和“古诗”中让我们产生淡淡哀伤的月亮，也是同一个月亮。

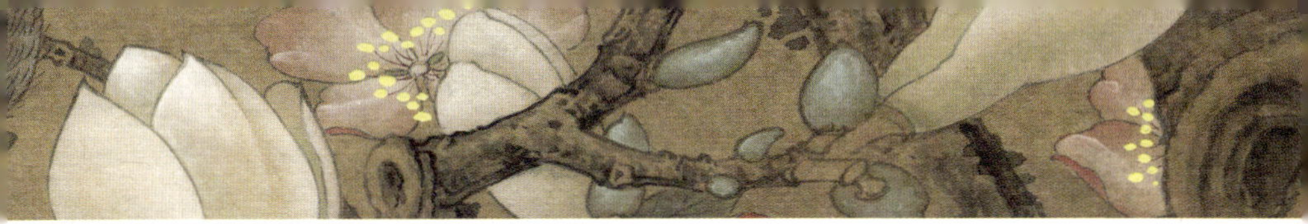

合　欢　诗

[晋] 杨　方

虎啸谷风起，龙跃景云浮。①
同声好相应，同气自相求。
我情与子亲，譬如影追躯。
食共并根穗，饮共连理杯。②
衣用双丝绢，寝共无缝裯。③
居愿接膝坐，行愿携手趋。
子静我不动，子游我无留。
齐彼同心鸟，譬此比目鱼。
情至断金石，胶漆未为牢。
但愿长无别，合形作一躯。
生为并身物，死为同棺灰。
秦氏自言至，我情不可俦。

磁石招长针，阳燧④下炎烟。

宫商声相和，⑤心同自相亲。

我情与子合，亦如影追身。

寝共织成被，絮用同功绵。⑥

暑摇比翼扇，寒坐并肩毡。

子笑我必哂，⑦子戚我无欢。

来与子共迹，去与子同尘。

齐彼蛩蛩兽，⑧举动不相捐。

唯愿长无别，合形作一身。

生有同室好，死成并棺民。

徐氏自言至，我情不可陈。

【注释】

①这两句分别出自《春秋·元命苞》："猛虎啸，谷风起。"《淮南子》："龙举而景云属。"全诗以风云变幻起兴，引出"同声相应""同气相求"的誓言。

②并根穗：一作"同根穗"。《东观汉记》："济阳县嘉禾生一茎九穗。"连理杯：旧时结婚，新婚夫妇合饮之杯，喻结为夫妻或夫妇情好。

③双丝绢：《子夜四时歌》："俱作双丝引，共奏同心曲。"裯(chóu)：被单、床帐。

④阳燧：又名夫燧。古人将尖底金属杯（或铜制凹镜）放在太阳

下，聚焦发热而燃火的做法。

⑤宫商：古代音乐分五个音阶，即宫、商、角、徵、羽。这里说的意思是，情侣心心相印，唱的调子很和谐。

⑥同功绵：两蚕共作一茧，所抽之丝叫同功绵。

⑦哂(shěn)：微笑。

⑧蛩蛩(qióng)：古代传说中的一种异兽，色青，状如马，善奔走。《尔雅·释地》："西方有比肩兽焉，与蛩蛩、岠虚比，为蛩蛩、岠虚啮甘草，即有难，蛩蛩、岠虚负而走……"此处为同舟共济之意。

【赏析】

《合欢诗》是晋代诗人杨方创作的一组诗，共五首。作品借一位新妇口吻，抒写了对长相厮守、双宿双飞这种"合欢"生活热烈美好的憧憬。诗中提到的秦氏、徐氏，据《玉台新咏笺注》，系以秦嘉夫妇为喻。秦嘉、妻徐淑都是东汉诗人，夫妻感情甚笃。徐氏因病还母家，秦官居洛阳，不及面别，作诗为赠，徐氏亦有诗赠答。

这里选取组诗中的其一和其二两首。这两首诗运用了一系列的生动比喻，极力描写夫妻间情意相投、形影相随、悲喜相同、生死与共、同心同德、永不分离的深厚感情。篇末分别以秦嘉和徐淑这一对恩爱夫妻作结，更见出诗人对于理想中夫妇关系的向往。

诗中摆脱了一切封建礼教的成见，把夫妻双方放在同等地位上来描写，并认为夫妻的关系应该以真正的爱情为纽带。其中如"居愿接膝坐，行愿携手趋。子静我不动，子游我无留"，"但

愿长无别，合形作一躯。生为并身物，死为同棺灰”，“子笑我必哂，子戚我无欢。来与子共迹，去与子同尘”等句，都是最大胆的爱情的宣言，其中蕴含着一股烈火般的热情，读之能使人加深对夫妻间爱情的理解。

第一首开笔以“虎啸”风起、“龙跃”云从起兴，一下将人们带入了夫唱妇随、同声相应的美好境界。诗中巧妙的比喻比比皆是：饭食之以“并根”穗谷煮成，衣料之以“双丝”绢帛裁出，纵然不易，也多少还能办到。至于同干共枝的连理木，则已是世间难觅的奇树；制被而要求“无缝”，再高明的女工恐怕也难以措手。诗的女主人公偏偏以此为愿，可见她与夫君的“合欢”之愿，一旦激荡起来，竟是无比深挚和执着。

但是这份情感远不止于此，“居愿接膝坐，行愿携手趋。子静我不动，子游我无留”——坐、行、居、游，全都要与夫君在一起，那就什么事也别想干成，这心愿似乎有些无理；“齐彼同心鸟，譬此比目鱼。情至断金石，胶漆未为牢”——这才是“无理”之愿中所蕴含着的真实情意。

当全诗渐趋收尾之际，诗人笔下的女主人公，再也按捺不住内心的激动，终于化作了指日为誓式的呼喊：“但愿长无别，合形作一躯。生为并身物，死为同棺灰！”世间不可能有比这种魂牵梦萦、生死相依的爱更炽烈的。

比起“两情若是久长时，又岂在朝朝暮暮”的浪漫，人们似乎更欣赏“在天愿作比翼鸟，在地愿为连理枝”的那一种圆满。《合欢诗》正是借一位新妇的口吻，抒写了对这种“合欢”生活热烈美好的憧憬。

西 陵 歌

[南朝] 苏小小

妾乘油壁车，郎骑青骢马。①

何处结同心？西陵松柏下。②

【注释】

①妾：古代女子对自己的谦称。油壁车：车身油饰过的一种小型轻便车，一般均是妇女乘坐。康与之《长相思》："油壁车轻郎马骢，相逢九里松。"青骢马：又名菊花青马，青白色。

②同心：指同心结，用锦带打成的连环回文样式的结子，用作男女相爱的象征。西陵：在今浙江省杭州市西湖的西畔，也叫作"西泠"。

【赏析】

这首诗由《乐府诗集》作为古辞收入，题名《苏小小歌》，未署作者名。《乐府广题》笺注："苏小小，钱塘名倡也，盖南齐时人。"

西陵在钱塘江之西。曾有许多诗歌和话本以苏小小故事为题材，所以这个出入常坐油壁车的名歌妓形象，在群众中颇具影响，西湖边上还有苏小小墓。

苏小小是个南齐才妓，钱塘（今杭州）人，家在西村附近，苏小小聪敏美丽，有才华，知自爱。

一次，她乘车出游，在白堤遇到一个叫阮郁（南齐宰相阮

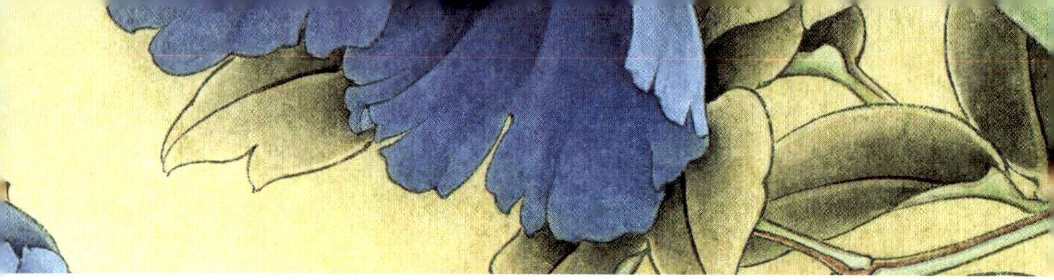

道之子）的青年，骑着马从断桥缓缓而来。两人一见倾心。苏小小就吟了这首诗。

诗中的西陵，就是现在的西泠桥，苏小小死后就葬在西泠畔西泠桥侧。由于苏小小与阮郁在西泠桥上的那首定情诗，所以这儿也称作“苏小结同心处”。

后人在她的墓上建造了一座慕才亭，人们每过此桥都要到她墓前凭吊一番。现在，墓已毁，仅存朱红栏杆的六角亭。

这首诗以女子的口吻描绘一对青年男女赴约相会的情景。他们俩分别乘着车马，双双来到西湖西畔桥头的松柏下，互相绾起同心结，订下百年之好。

诗作以西湖的优美景色来烘托爱情的美好，又借松柏的长青来隐喻爱情的坚贞不渝。整首诗情调轻快，气氛清新，深得自然之妙。

隋　唐

“文人独创，文质齐发。”

寄阮郎

[隋] 张碧兰

郎如洛阳花，妾似武昌柳。①
两地惜春风，何时一携手。

【注释】

①洛阳花：牡丹的别称，古时洛阳牡丹最盛，因而被称之为“洛阳花”。洛阳花和武昌柳都是名贵品种，真是个郎才女貌，佳偶天成。李商隐《病中闻河东公乐营置酒口占寄上》：“缘忧武昌柳，遂忆洛阳花。”又《晋书·陶侃传》：陶侃镇守武昌时，属下盗移官柳植于己门，被陶侃认出是武昌南门前柳，质问之。属下惶怖谢罪。后因用武昌柳作咏柳的典故，也用于褒奖军纪严明。

【赏析】

这首寄赠诗先用两个比喻，点出人分两地，而“花”“柳”

皆是春天发荣之物，则又喻出两人都在青春年少。接着叙写两人只能遥相思念，感叹大好年华的白白逝去。最后直言思盼，希望早日得以欢聚。

诗句借助明快而贴切的比喻，使得形象鲜明，感情自然而真切。

诗人采用生动的比喻向自己的恋人大胆地表白了自己的爱情。同时这首诗言尽共时异地，辜负春光之苦。然细细想来，两地相隔，容颜难睹，此古人情愫浓于今人，而今人则流于浅薄之缘由也。

这首诗的前两句直接表达心中的情感，情意之切切跃然纸上。后两句写情意之婉转，情意之无奈，相隔两地的思念、困惑、无可奈何。这份情谊深深，情人难得一见的“惜”，在这首诗中，不是一味的悲凄惋惜，一个“携手”表达了心中感情的坚定和对未来的憧憬。

此诗写男女相思，因异地而生阻隔，因阻隔而生相思，阻隔不可逾越，则张力与无奈尽出。故此诗之美，美在阻隔，美在无可奈何。古人相隔，通信困难尚且情谊坚定，想今人，信息之发达、通讯之便捷，情怀反不及古人。“想她，就翻过一座山、趟过几条河去看她一眼”的浓情厚意似乎今人难以体会了。

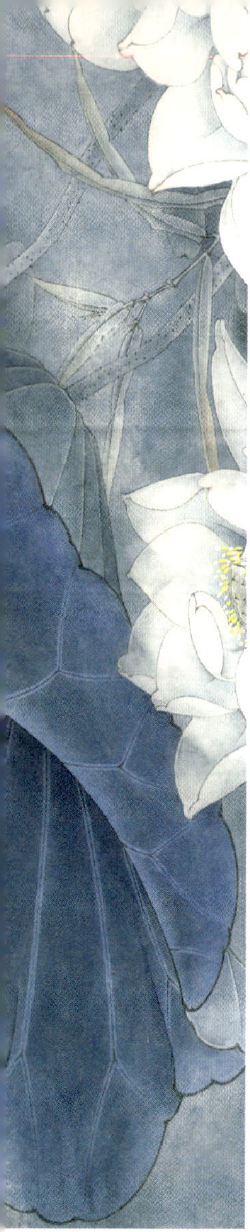

袍 中 诗

[唐] 开元宫人

沙场征戍客，①寒苦若为眠。
战袍经手作，知落阿谁边？
蓄意多添线，含情更著绵。
今生已过也，愿结后生缘。②

【注释】

①征戍客：指边防战士。

②后生缘：后世(俗称下一辈子)姻缘。

【赏析】

这首诗记载着一个美丽动人的爱情故事，原诗的序言写道：开元中，赐边军纩衣，制自宫人。有兵士于袍中得诗，白于帅。帅上之朝，明皇以诗遍示六宫，一宫人自称万死。明皇悯之，以妻得诗者，曰：“朕与尔结今生缘也。”

意思是说：开元间，有一个戍边士兵从军衣中发现这首诗，交给了主帅，主帅转呈皇帝。因为这些军衣是宫女缝制的，唐明皇把诗交六宫辨识，有一宫女自首告罪。明皇念她情深意切，就对她说：“让你结个今生缘吧!”于是把她赐嫁给得诗之士兵。

这首诗从诗面的意思上理解:

在沙场上征战的战士们啊，受尽寒冷辛苦，夜晚怎么能够睡着觉呢?

我亲手缝制的这领战袍，谁知道会落在谁的身上呢?

我故意在缝制时多用了些线，又多塞了些绵，这些都表示着我对您的情意呀!

今生今世也就过去了，我愿和您在来生来世再结姻缘，成为夫妻。

这是一首宫廷侍女思求配偶的情诗，表现了开元宫人对边防战士的同情和爱护，也表达了她对边防战士的深厚感情。她所思恋的是艰苦守卫着边防但又不知为谁的一位军士。她把自己的情和意，通过“多添线”和“更著绵”蕴藏于亲手制作的战袍之中。

但是，她并不敢寄希望于今生结取良缘，只把愿望寄托在来生。最后两句“今生已过也，愿结后生缘”，直接道出了自己的心声。诗写得直露，表现得十分坦率，十分质朴。同时，在这坦率与质朴后面却又含有一种深沉的悲哀，那就是，这位

宫人知道皇宫深邃，自己一入皇宫，没有皇帝的恩准今生是不能再出皇宫的。而自己在宫中又受尽了皇帝的冷落，青春年华白白逝去，红颜难驻，尝尽了孤独和凄凉的滋味，因此她盼望着能在民间与兵士过上自由幸福的生活。但是，她只能将希望寄托于来生。从某种意义上说，这正是对孤独的皇宫生活摧残自己青春年华的控诉。可见诗中流露的思恋之情，明显含有悲叹之意。

这首诗作在客观上反映了宫女和边防军士同样悲苦的命运。而在唐玄宗查问此事时，她竟敢于冒着生命危险供认不讳，这更说明了被终身幽闭在深宫之中的宫女渴求爱情的愿望。至于传说中皇帝的“恩赐”，使得这对受苦人因此结为夫妇，这侥幸的喜剧性结局本身并不能说明封建统治者的仁慈和博爱。它只不过反映了当时社会下层人民的一个愿望罢了。

谢赐珍珠

［唐］江采萍

柳叶双眉久不描，
残妆和泪污红绡。①
长门②尽日无梳洗，
何必珍珠慰寂寥！

【注释】

①“柳叶”两句：写自己孤处上阳宫之凄苦，早已无心梳妆打扮，终日以泪洗面，手帕为之湿污。

②长门：长门宫。汉武帝的皇后陈阿娇失宠后的住处，后即成为后妃失宠后所住冷宫的泛称。

【赏析】

据说在唐玄宗宠爱的武惠妃死后，玄宗整日郁郁不乐。太

监高力士想排解一下玄宗的烦恼，于是到江南寻访美女，结果在福建的莆田县发现了一个兰心蕙质的女孩，她就是江采萍。

江采萍被高力士选入宫中后，曾深受玄宗宠幸。她淡妆雅服，姿态明秀，风韵神采，无可描画，并精通诗文。因她癖爱梅花，所居之处遍植梅树，每当梅花盛开时，赏花恋花，流连忘返，唐玄宗昵称她梅妃，又戏称为“梅精”。唐玄宗曾宠爱她至极，对后宫其他妃子都视而不见。

江采萍性情孤高自许，目下无尘，却又出淤泥而不染，不去为红颜之事争风吃醋，并擅长于书文，常以东晋才女谢道韫自比。

只是杨玉环的到来使得清高孤傲的梅妃渐渐失宠。杨贵妃设法贬梅妃入冷宫上阳东宫。梅妃得宠时，各地争相进献梅花。有一次，她听到外面有驿马快跑的声音，询问侍儿可是送梅花来的。但如今，大家都是忙着给杨贵妃送荔枝，谁还记得曾经专宠一时的梅妃江采萍呢？

一日，玄宗在花萼楼游宴，想起了梅妃，又怕杨贵妃嫉妒，乃派人秘密送了一斛珍珠给梅妃。梅妃不受，写了这首七绝。

“我很久没有画我的柳叶眉了，

面上的残妆和着眼泪打湿了我的红绡衣。

我自是很久没有梳洗过了，

你也不必送一斛珍珠来安慰我的寂寥之心。”

一个失宠的妃子，敢于拒绝皇帝的厚赐，这是为什么？读了这首诗，也许可以悟出其中的道理。不难看出，梅妃在这首诗中借玄宗秘赐珍珠的机会，向玄宗倾诉自己失宠后的痛苦和怨恨。作为一个人，皇帝的妃子也需求爱情。一旦失宠，恩爱便绝，她的精神上的痛苦便开始了。玄宗赐珍珠，无非是表示安慰。但最高统治者的愚蠢正是这里，他不知，精神上的爱，是不能用任何贵重的物质所代替的。在珍珠和爱情之间，梅妃显然是把爱情置于珍珠之上的。爱情既失，珍珠又算什么？爱情走向反面，苦，痛苦既深，便是怨恨。这怨恨的力量是敢于蔑视皇帝的威严拒绝皇帝。

据《全唐诗》载，安史之乱后，唐玄宗自蜀返京，获知梅妃已不在人世，写了一首《题梅妃画真》诗悼念她。

诗曰：

“忆昔娇妃在紫宸，铅华不御得天真。

霜绡虽似当时态，争奈娇波不顾人。”

但是，身后的悼念，只是对活着的人的一种安慰、一种情感寄托罢了，对已经逝去的人、已经逝去的感情都只是枉然。

长 干 曲

[唐] 崔　颢

君家何处住？妾住在横塘。
停船暂借问，或恐是同乡。①

家临九江水，来去九江侧。
同是长干人，生小不相识。②

【注释】

①横塘：古金陵(今南京)秦淮河边的一个地名。

②九江：长江流至浔阳一带，分出九条支流，故名九江。这里泛指长江下游。长干：南京附近的地名。

【赏析】

这组诗以青年男女在采莲时的对话，表现情感的交流，语言通俗流畅，富有浓厚的生活气息。

这两首小诗从表面上看似只是描写一种普通的同乡之情，但如果细加品味，却可以发现是在描写进行着的恋情。这是在异乡的江面上，一男一女，两只小船，划着划着，交谈便开始了。前一首是女子口吻，后一首是男子语气。交谈的内容似乎都没有超出家住何处，但有问有答，感情的交流是融和的。女子首先发问，而且自我介绍，还要求对方停下船来细细交谈，可见女子在感情方面是十分主动的。男子对于女子的主动接近则报之以温情和喜悦。他的回答超出了对方问话的范围，不仅回答了自己的住处，而且介绍了平日里来去的行迹，尤其还发出了“生小不相识”的感叹，真是相见恨晚！虽然不能青梅竹马，两小无猜，但是他乡遇相知，也实在值得高兴。

细品这两首诗，第一首是一首女子向男子发问的诗，寥寥数语，形象地将女子既想结识对方，又怕露骨的心态描绘了出来。诗人巧妙地以女子的口吻传达其神态，用女子自报家门的急切程度，传达了这个女子大胆、聪慧、天真无邪的音容笑貌，纯朴清新，饶有情趣。

这一首诗还表现了女主角的境遇与内心的孤寂。单从她闻乡音而急于“停舟”相问，就可见她离乡背井，水宿风行，孤零无伴，没有一个可与共语之人。因此，他乡听得故乡音，且将他乡当故乡，就这样的喜出望外。诗人不仅在纸上重现了女主角外露的音容笑貌，而且深深开掘了她的个性和内心。

第二首男子应答的诗，是针对第一首诗中女子的问题而回答的。男子回答得坦率诚恳，一句“生小不相识”表面是惋惜没能青梅竹马，实际是相见恨晚的心情的表现，流露出强烈的艺术感染力。

这两首抒情诗抓住了人生片断中富有戏剧性的一刹那，用白描的手法，寥寥几

笔，就使人物、场景跃然纸上，栩栩如生。它不以任何色彩映衬，似墨笔画；它不用任何妆饰烘托，是幅素描；它不凭任何布景借力，犹如一曲男女声对唱；它截头去尾，突出主干，又很像独幕剧。题材是那样的平凡，而表现手法却是那样的不平凡。

由此看来，女方发问，显然有情，男方随答，答而解释，绝非无意。问答之间，微露彼此邂逅的欢悦。这两首小诗描写了情人在异乡的初遇,相互之间的感情表达得既委婉而又自然，风韵情味都值得细细体会。

闺　　怨

［唐］王昌龄

闺中少妇不知愁，
春日凝妆上翠楼。①
忽见陌头杨柳色，②
悔教夫婿觅封侯。③

【注释】

①凝妆：浓妆、盛妆。翠楼：装饰华丽的楼房。

②陌头：路那边，或泛指大地。杨柳色：春天的景色。

③觅封侯：追求官爵、求取功名。

【赏析】

唐诗中写闺愁的诗不少，一般都强调离恨之多，相思之久，可是王昌龄别出心裁，它只是写闺中少妇忽然之间的感情变化。

这首诗，写一个无忧无虑的贵族少妇，在春意盎然的景色里，迸发出思恋征夫的强烈愿望。这时对她来说,爱情的需要远远超过了对功名富贵的追求。

这首七绝分为前后两层：前两句写“不知愁”，后两句则写“知愁”。写“不知愁”，实际上是为了写出“知愁”。知愁的人自然知道，登楼观赏春景是要勾出愁来的，可是闺中少妇却不知“愁”为何物，偏偏要“春日凝妆上翠楼”。春日凝妆，是为了观赏春景，显示青春美艳，然而伊人不在，徒增伤心。此时登楼，就不免引出愁来了。所以写“不知愁”，实则为写出“知愁”作了铺垫，伏下契机。

“忽见”二字，从表面上看是突然的转折，其实是势所必然。如果是“知愁”者，是用不着“见”到陌头柳色，也知道离别将带来愁绪，只有“不知愁”者才会“忽见”而生悔心，这“悔教夫婿觅封侯”，便是“知愁”的表现。从“不知愁”到“知愁”的感情变化，是在刹那间出现的，这自然是因为“陌头杨柳色”的突然闯入眼帘。

唐代前期，国力强盛，从军远征，立功边塞，成为人们“觅封侯”的重要途径。诗中的“闺中少妇”和她的丈夫对这一道路也同样充满了幻想。

诗的首句，与题意相反，写她“不知愁”：天真烂漫，富有幻想；二句写她登楼赏春：带有幼稚无知，成熟稍晚的憨态；三句急转，写忽见柳色而

勾起情思：柳树又绿，夫君未归，时光流逝，春情易失；四句写她的省悟：悔恨当初怂恿“夫婿觅封侯”的过错。诗无刻意写怨愁，但怨之深，愁之重，已表露无余。

从诗作主旨看，此诗深刻地描画了少妇微妙的心理变化轨迹：有愁—知愁—掩愁—解愁—触愁—悔愁。诗也抓住天真烂漫的少妇于登楼眺览春光时，顷刻间的感情波澜，表现了世俗荣华不如朝夕相爱的思想。全诗先抑后扬，耐人寻味。

这种忽然之间出现的感情变化，也只有发生在一个平日里“不知愁”的上层社会的少妇身上才是真实自然的。而且，这首诗的特色，妙就妙在这珍贵的瞬间刚一写出就戛然而止，至于那少归将愁成什么模样，愁到什么程度呢？言不尽而意无穷！

杨 叛 儿

［唐］李　白

君歌《杨叛儿》，妾劝新丰酒。①
何许最关人？②乌啼白门柳。③
乌啼隐杨花，④君醉留妾家。⑤
博山炉中沉香火，双烟一气凌紫霞。⑥

【注释】

①新丰酒：王维《少年行》：“新丰美酒斗十千。”新丰在今陕西西安市临潼区以东。这里泛指美酒。

②最关人：最动人、最引诱人。

③白门：南北朝宋都建康（今南京）的城门。民间情歌多以此为男女幽会之地。

④乌啼隐杨花：乌鸦的叫声在杨树林中消失了，意指夜已深。

⑤醉：酒醉、陶醉。

⑥“博山”两句写两性欢合。博山炉是一种形似层山的熏炉。炉中投入沉香，燃起炽热的火焰，两缕青烟直冲云霄，化作五彩霞光。这里借用博山炉描写男女的性爱，既大胆又含蓄，充满浪漫主义色彩。

【赏析】

《玉台新咏》引杜氏《通典》：《杨叛儿》，本童谣也。齐隆昌时，女巫之子曰杨旻（mín），随母入内（宫），及长，为太后所宠爱。童谣云："杨婆儿，共戏来所欢。"语讹，遂成"杨叛儿"。乐府存其曲，皆为情歌。

这段话的意思是：《杨叛儿》本是北齐时童谣，后来成为乐府诗题，为乐府西曲歌名。相传南朝齐隆昌时，女巫之子杨旻随母入内宫，长大后，为何后所宠爱。当时童谣云："杨婆儿，共戏来。"讹传为"杨叛儿"，并演变为西曲歌的乐曲之一。

古词八首，《玉台新咏》录其中一首："暂出白门前，杨柳可藏乌。郎作沉水香，侬作博山炉。"唐代伟大诗人李白借乐府诗题按乐府旧曲演化出这一首《杨叛儿》，也是写男女欢情的诗。

"君为我唱一曲《杨叛儿》，妾为君奉上一杯新丰酒。

哪里才是君最流连之处呢？金陵西门旁上有乌啼白门大柳树下。

双乌在杨花架处的巢中欢啼，因为那里是它们的家。君今痛饮何惧醉，妾家就是你的家。

博山炉中的沉香所燃起的两股香烟，在空中追逐缠绕，渐渐地融为一体，直凌云霄。这就是君与妾的爱情象征啊！"

开头两句就写出情人相会的气氛，男献歌，女劝酒，情融意和。接着以乌啼杨柳来比喻男女幽会，"乌啼白门柳"五字，点明了环境、地点和时间。乌啼，应是傍晚的时候，则此时、此地、此景，自

然是最牵动人心的了，再接着写情郎尽兴而醉，留在姑娘家中，而以“乌啼隐杨花”的即景作喻，可谓情趣盎然。最后以炉中香气升腾作比，把双方的爱情推向高潮。情郎的醉留，正像沉香投入炉中，爱情的火焰立刻燃烧起来，香烟是双，而气则一，说明两情投合，永不分散，爱情是忠贞永固的。全诗有铺陈，有比兴，但主要是比喻。以“双烟一气”比喻两人的爱情融合不散，不仅贴切新鲜，而且奇妙优美。

此诗运用比兴与象征手法写男女之爱情。全诗形象丰满，生活气息浓厚，风格清新活泼，较古之《杨叛儿》，情感更炽烈，生活的调子更加欢快和浪漫。

一开头，“君歌《杨叛儿》，妾劝新丰酒”比古诗增添了生动的场面，并创造了笼罩全篇的男女慕悦的气氛。第三句“何许最关人”，这是较原诗多出的一句设问，使诗意显出了变化，表现了双方在“乌啼白门柳”的特定环境下浓烈的感情。第五句“乌啼隐杨花”，从原诗中“藏乌”一语引出，但意境更为动人。接着，“君醉留妾家”则写出醉留，意义更显明，有助于表现爱情的炽烈。特别是最后既用“博山炉中沉香火”七字隐含了原诗的后半：“君作沉水香，侬作博山炉。”又生发出了“双烟一气凌紫霞”的绝妙比喻。这一句由前面的比兴，发展到带有较多的象征意味，使全诗的精神和意趣得到完美的体现。

长　干　行

[唐] 李　白

妾发初覆额，折花门前剧。①
郎骑竹马来，绕床弄青梅。②
同居长干里，③两小无嫌猜。
十四为君妇，羞颜未尝开。
低头向暗壁，千唤不一回。
十五始展眉，愿同尘与灰。④
常存抱柱信，岂上望夫台。⑤
十六君远行，瞿塘滟滪堆。
五月不可触，猿声天上哀。⑥
门前旧行迹，一一生绿苔。
苔深不能扫，落叶秋风早。⑦
八月蝴蝶来，⑧双飞西园草。
感此伤妾心，坐愁红颜老。
早晚下三巴，⑨预将书报家。

相迎不道远，直至长风沙。⑩

【注释】

①妾：妇女自谦的称呼。剧(jù)：游戏、嬉戏。

②这两句形容幼儿在一起玩耍，天真活泼，两小无猜。成语“青梅竹马”即源于此。骑竹马，小孩以竹竿当马骑的游戏。弄青梅，小孩把青梅子当玩具做种种游戏。

③长干里：位于建康(南京)秦淮南。古时江东谓山垅之间曰“干”。

④展眉：因喜悦而眉开眼笑貌。尘与灰：热恋时的誓盟，意为生死与共，即使化为灰尘也永远在一起。

⑤抱柱信：坚守信约。《史记》：“尾生与女子期(约会)于梁(桥)下，女子不来，水至(水涨)不去，抱柱而死(抱着桥柱淹死了)。”望夫台：也称望夫山、望夫石。传说古代一女子思念离家未归的丈夫，终日登山眺望，最终变成了石头。这两句都是表明爱情的忠贞。

⑥滟滪(yàn yù)堆：《太平寰宇记》：“滟滪堆，周回二十丈，在……瞿塘峡口……其状如马，舟人不敢进。谚曰：‘滟滪大如马，瞿塘不可下。滟滪大如鳖，瞿塘行舟绝，滟滪大如龟，瞿塘不可窥。滟滪大如襆，瞿塘不可触。’”这里是说，十六岁那年丈夫就不顾路途艰险，过三峡经商去了。不可触：五月水涨期，行船容易触礁，故而“不可触”。猿声天上哀：《古乐府·西曲歌》：“巴东三峡猿鸣悲，猿鸣三声泪沾衣。”

⑦心里思念丈夫，连他留下的足迹上长满了青苔，也不忍心扫去。

旧行迹，丈夫走过的足迹。

⑧蝴蝶来：一作蝴蝶黄。据杨升庵笺释，蝴蝶或黑或白，或五彩皆备，唯黄色一种，至秋乃多，盖感金气也。

⑨三巴：三国时分建，即巴郡(重庆)、巴东(夔州)、巴西(合州)。均在四川东部一带。

⑩长风沙：《唐诗纪事》："长风沙，地名，在池州(今安徽属地)之雁汉下八十里。"陆游《入蜀记》："自金陵至长风沙七百里，而室家来迎其夫，甚言其远也。"

【赏析】

这首诗写的是一个商人妇的闺怨。以自叙体回忆自己爱情生活的全过程，诉说独守空闺的痛苦和对丈夫的无限怀念。

这首拟乐府之作，以一个少妇的口吻娓娓道来，主要抒写对远行不归的丈夫的思念之情。但在写法上，与一般的怀远之作不同。

全诗三十句，却用十四句来叙述自己和丈夫从孩提时代的"青梅竹马""两小无猜"，一直到结为夫妇，互相誓愿生死不离的爱情经过，这自然是追忆往日的爱情。看上去似乎和丈夫远行之后的离情关系不大，实际上这种甜蜜幸福的回忆，恰恰是别后孤独相思无法排遣的内容，同时也更加衬托出离情别恨之痛苦。

在后面的十六句中，又可分为三层意思：一层“十六”以下四句，写为丈夫远行担忧；二层“门前”以下八句，写自己的寂寞愁思；三层最后四句，是想象之词，写盼望丈夫归来的迫切心情。这十六句都是写别后相思情绪的，它们和前十四句形成了鲜明对比。这种对比写法，把少妇的心理活动描写得温柔缠绵，曲折生动，一往情深。

细细分析这首诗，诗中描绘了商妇的各个生活阶段，通过生动具体的生活侧面的描绘，在读者面前展开了一幅幅鲜明生动的画面。

诗人通过运用形象进行典型的概括，开头的六句，宛若一组民间孩童嬉戏的风情画卷。接下来的八句，又通过心理描写生动细腻地描绘了小新娘出嫁后的新婚生活。后面的诗句中，更以浓重的笔墨描写闺中少妇的离别愁绪，诗情到此形成了鲜明转折。“门前迟行迹”以下八句，通过节气变化和不同景物的描写，将一个思念远行丈夫的少妇形象，鲜明地跃然于纸上。最后两句则透露了李白特有的浪漫主义色彩。这首诗的不少细节描写是很突出而富于艺术效果的。诗人注意表现女子不同阶段心理状态的变化，而没有作简单化的处理，通过具体的景物描写，展示了思妇内心世界深邃的感情活动，深刻动人。

《长干行》的风格缠绵婉转，具有柔和深沉的美。商妇的爱情有热烈奔放的特点，同时又是那样地坚贞、持久、专一、深沉。她的丈夫是外出经商，并非奔赴疆场，吉凶难卜；因此，她虽也为丈夫的安危担心，但并不是摧塌心肺的悲恸。她的相思之情正如春蚕吐丝，绵绵不绝。这些内在的因素，决定了作品风格的深沉柔婉。

春　思

[唐] 李　白

燕草①如碧丝，秦桑②低绿枝。
当君怀归日，③是妾④断肠时。
春风不相识，何事入罗帏？⑤

【注释】

①燕草：指燕地的草。燕，古燕地，今河北北部一带，这里指女主人公想念的丈夫所在之地。

②秦桑：秦地的桑树。秦，古秦地，今陕西一带，这里指女主人公所在的家乡地。燕地寒冷，草木迟生于较暖的秦地。

③君：指征夫。怀归：想家。

④妾：古代妇女自称。此处为思妇自指。

⑤罗帏：丝织的帘帐。此处指好的闺房。

【赏析】

这是李白写春思的乐府诗中最著名的一首，把闺妇辗转反侧、情意缠绵的心理状态写得淋漓尽致。

前两句“燕草如碧丝，秦桑低绿枝”，起兴之笔，把男女主人公两地相思的情意连到了一起。诗中的兴句一般是就眼前所见，信手拈来，这两句却以相隔遥远的燕、秦两地的春天景

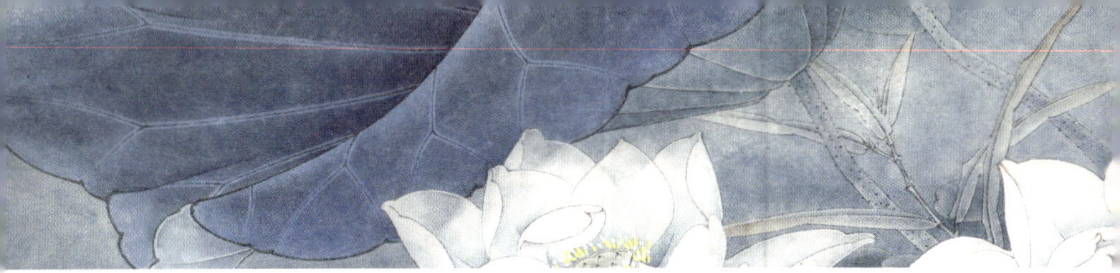

物起兴，颇为别致。“燕草如碧丝”，当是出于思妇的悬想；“秦桑低绿枝”，才是思妇所目睹。

首句是妇女想象中的丈夫远戍之地的景物描写。次句是妇女所在的现实景物描写。这两地景物的对比描写，既真实地写出两地春天来得有迟有早，气候寒热有别，还把思妇对于丈夫的真挚感情和他们夫妻之间心心相印的亲密关系写出来了，这是一般的兴句所不易做到的。

然而女主人公却喜中有怨，乐中含悲。因为燕北寒冷，生草迟，秦地的桑树已经绿枝低垂了，那里的春草才刚刚发芽，丈夫有回家的打算时，妻子已思君久矣!所以有“断肠”之痛。三、四两句直承兴句而来，故仍从两地着笔：“当君怀归日，是妾断肠时。”丈夫及春怀归，足慰离人愁肠。

按理说，诗中的女主人公应该感到欣喜才是，而下句竟以“断肠”承之，这似乎违背了一般人的心理。但如果联系上面的兴句细细体会，就会发现，这样写对表现思妇的感情又进了一层。元代萧士赟对此诗评述揭示了兴句与所咏之词之间的微妙的关系。诗中看似于理不合之处，正是感情最为浓密所在。

不过，妻子的怨实质是最深层的爱。最后，女子以责备春风鲁莽地闯入罗帏，来表达自己对丈夫的爱情是忠贞不二的。

无理而妙是古典诗歌中一个常见的艺术特征。从李白的这首诗中不难看出，所谓无理而妙，就是指在看似违背常理、常情的描写中，反而更深刻地表现了各种复杂的感情。

月　　夜

[唐] 杜　甫

今夜鄜州月，闺中只独看。①
遥怜小儿女，未解忆长安。②
香雾③云鬟湿，清辉玉臂寒。
何时倚虚幌，双照泪痕干？④

【注释】

①鄜（fū）州：地名，今陕西富县。当时杜甫的家属在鄜州的羌（qiāng）村，杜甫在长安。闺中：内室。

②怜：想。未解：尚不懂得。

③香雾：雾本来没有香气，因为香气从涂有膏沐的云鬟中散发出来，所以说“香雾”。

④虚幌：透明的窗帷。幌，帷幔。双照：与上面的“独看”对应，表示对未来团聚的期望。

【赏析】

安史之乱时，杜甫带妻儿逃到鄜州，住在羌村。公元756年7月，唐肃宗即位于灵武（在今宁夏），杜甫只身前往，途中被俘，押送长安。这是他在长安写的思亲诗。

这时杜甫已在长安，他的妻子还在鄜州，所以首联说：“今夜鄜州月，闺中只独看。”颔联说，孩子还小，不懂得“忆长安”(思念父亲)。主要是联结上一联，突出妻子的“独看月”。

这两联中，“怜”字，“忆”字，都不宜轻易滑过。而这又应该和“今夜”“独看”联系起来加以吟味。明月当空，每个月都能看到。特指“今夜”的“独看”，则心目中自然有往日的“同看”和未来的“同看”。未来的“同看”，留待结句点明。往日的“同看”，则暗含于前两联之中。

颈联是想象妻子悲痛的样子：久久地站在月下“忆长安”，头发被露气打湿了，手臂也被清冷的月光浸凉了(按：傅庚生在《杜诗析疑》中说，这两句太艳，不太符合杜诗的风格，可能是被后世的风流文士窜改了的，如作“薄雾侵寒湿，清辉入臂寒”，上句设想鄜州的阶前，下句自述长安的自己，当较近于杜诗。此亦一解也)。

尾联写盼望团聚的心境：什么时候能团聚，不再流眼泪了呢?虚幌薄薄的帷帐。两地看月而各有泪痕，这就激起了作者结束这种痛苦生活的希望。于是以表现希望的诗句作结：“何时倚虚幌，双照泪痕干？”“双照”而泪痕始干，则“独看”而泪痕不干，也就意在言外了。

这是诗人羁留长安时看月怀妻之诗，诗的起首径从对方人手以抒写离情，不说自己看月忆妻，却设想成妻子看月忆己。接着，不说自己看月忆儿女，偏说儿女看月尚不解忆己；而儿女看月之“未解忆长安”，正可以衬托其母看月之正在“忆长安”，儿女年幼而未能理解其母之“忆”，则母之“忆”，寄情更苦。这样，又可进而使次句“独看”的含意更深一层；不仅

因丈夫不在为“独”，也因子女在而无知为更“独”。再后，又想象妻子忆己的光景：鬟木不湿，臂本无寒，而其湿其寒，分明皆从看月久立而来；看月所以忆人，则伫望之久，见妻子忆己之深，望己之切。到此三联六句，极力描绘远地妻子在月夜“独看”鄜州之月而“忆长安”，而自己如何在“独看”长安之月而忆鄜州，竟不着一字。正如清人浦起龙所谓“心已驰神到彼，诗从对面飞来”！怀思至此，可谓一往情深，远比直写自己怀妻更为深刻。最后两句，诗人又借对将来的想象来抒写此刻的迫切希望。然而想象中的一起“双照”，之所以反衬现实中的两处“独看”，想象中的“泪痕干”，又正见得现实中“独看”时泪流不止。写情至此，可谓悲苦之至。然而诗人毕竟没有为此而消沉，对理想仍然怀有美好的希望！

更值得指出的是，这首看月怀妻之作，所抒发的不是一般情况下的夫妇离别之情，而是在“独看”的泪痕里浸透着天下乱离的悲哀，在“双照”的清辉中闪耀着四海升平的理想。字里行间，跳动着时代的脉搏，表现出时代的特征。离乱之痛和内心之忧熔于一炉，对月惆怅，忧叹愁思，而希望则寄托于不知“何时”的未来。

捣　衣

［唐］杜　甫

亦知戍不返，秋至拭清砧。①
已近苦寒月，况经长别心。②
宁辞捣衣倦，一寄塞垣深。③
用尽闺中力，君听空外音。④

【注释】

①戍：防守、保卫。这里指戍边，在边防线上一时回不来。砧(zhēn)：捣衣石。

②苦寒月：严寒的冬季。近：接近。秋天来了，离严冬不远了。长别心：分离很久，无限关切之心。

③捣衣：洗衣。过去洗衣服一般都泡透后放在捣衣石上用木棒捶打，以去其污垢。塞垣：边塞的城墙。

④空外音：有弦外音意。

【赏析】

李白有诗云："长安一片月，万户捣衣声。"杜甫的这首《捣衣》诗写的就是这千万户月夜捣衣声中的一个声音。这个声音充满幽怨和思念。

开头两句起笔直写捣衣的原因和捣衣前的准备，"亦知"说明妻子已经知道丈夫不能回来，秋风一起便准备捣衣，以便及时把征衣寄给丈夫御寒。叙述中流露出妻子的深情。“秋至”点出了捣衣的时令。

三、四句承接首句进一步深化，从眼前的苦寒和长久的离别两方面进一步展示妻子心中的痛苦而悠长的愁思，明知不归而偏早捣衣，正是“苦寒心”和“长别心”的凝聚体现，一个“况”字更是将离别后的思念进一步加深。

五、六句写妻子不辞疲倦地捣衣，为的是寄给远戍边防的丈夫，不言而喻，和征衣一起寄去的还有一片深情的思念。“宁辞”是岂辞的意思，“倦”显示出妻子身体倦而心不倦，“深”字一语双关，既写戍地遥远又写情感深切缠绵。

最后两句总结全诗的主旨，进一步写妻子用力捣衣的声音，但愿塞上的丈夫能够听到。家乡和戍地遥隔千里，妻子捣衣之声丈夫自然是不可能听到的，可见这是夸张想象之词。然而，正是通过夸张想象，把妻子的思念之情形象鲜明地强调了出来。

这首诗题目就有一种水流的声音，孤单的声音。“亦知戍不返”，已经奠定了整首诗悲凉的基调，暗下来的光影，时间凝固的感觉。秋至，将时间推进，慢慢地清砧犹如一面镜子，是女主人公的思索。已近苦寒月，天空仰望的姿态，高垂下来的线条感，况经长别，是横向的线条感。“宁辞捣衣倦”，妻子一往情深、一唱三叹，首尾呼应，营造出“意致凄然，妙在含蓄”的艺术境界，散发出动人的悲剧之美。

题 梧 叶

[唐] 天宝宫人

一叶题诗出禁城，
谁人酬和独含情。
自嗟不及波中叶，
荡漾乘春取次行。①

【注释】

①取次：随意。杜甫《送元二适江左》："经过自爱惜，取次莫论兵。"

【赏析】

唐代出现了大量宫怨诗，但几乎全都出自宫外人之笔，至

多只能做到设身处地，代抒怨情，有的还是借题发挥，另有寄托。这首《题梧叶》之可贵，就在于让人能够直接从宫人之口听到宫人的心声。

这首《题梧叶》诗的传说，和《题红叶》诗的传说，有异曲同工之妙。据《古今诗话》引《本事诗》记载：中唐诗人顾况在洛阳时，闲暇时与三诗友在上阳宫宫廷苑囿内游玩，看到流水从宫墙内飘来一片大梧桐树叶，上面写有一首诗：

“一入深宫里，年年不见春。

聊题一片叶，寄与有情人。”

显然是宫女所写。顾况见后，也写了一首诗于叶，随流水漂入宫苑。诗曰：

“花落深宫莺亦悲，上阳宫女断肠时。

帝城不禁东流水，叶上题诗寄与谁？”

过了几天，御沟里又流出一片梧叶，就是写的这首《题梧叶》。

女诗人深为不知名的知情人所感动，但又自恨深居禁宫，不能像梧叶那样，在春风中随波荡漾，寻找爱情的归宿。

这首《题梧叶》要和前次题于梧叶上的诗以及顾况的诗联系起来读。这是一位幽居深宫中的虚度青春年华的宫女，不顾宫门禁令，叶上题诗“寄于有情人”的举动本身就是大胆追求自由爱情的行为。现在得到了顾况的含情酬和，更是激起了其对自由爱情的向往。

可是宫女深知“一入宫门深似海”，进宫容易出宫难，真要和有情人相见结合，那更是难上加难，简直可以说是“难于

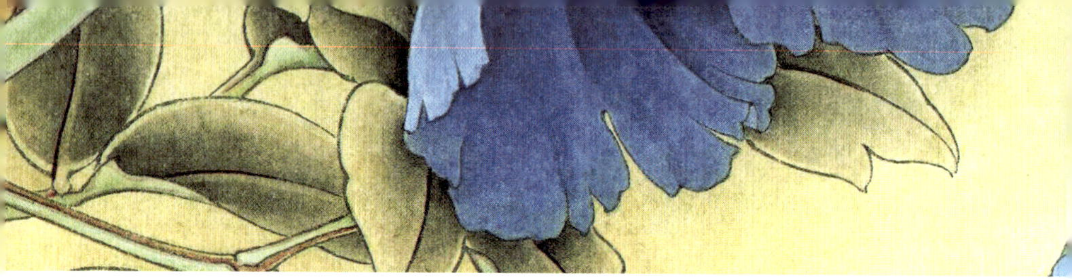

上青天”。所以，再多的向往之情都只能化作一声嗟叹。

“自嗟不及波中叶，荡漾乘春取次行”，这是将自己和梧叶相比较，不禁对梧叶产生了无限的羡慕之情。因为梧叶能随着水波流出这深宫，看到宫墙之外的美好的人间春色，而自己无法触及宫墙之外的世界，所以她觉得，即使是水中的梧叶也比自己自由得多。这样一对比，不仅透露出宫女对爱情自由的美好追求和真挚向往，而且还从另一个方面突显出深宫女子痛苦悲凄的生活境遇和苦闷惆怅的无奈心情。

闺　　情

［唐］李　端

月落星稀天欲明，
孤灯未灭梦难成。①
披衣更向门前望，
不忿朝来鹊喜声。②

【注释】

①孤灯：从字面解，就是孤零零的一盏灯。这里的“孤”字却有更深层的含义，映射出了形单影孤、彻夜不眠的闺中少妇的无限幽情。

②不忿：不服气、不满、不平。赵长卿《菩萨蛮》：“日高犹恋珊瑚枕，羞红不忿花如锦。”鹊喜声：喜鹊报喜的叫声。王仁裕《开元天宝遗事》：“时人之家，闻鹊声皆为喜兆，故谓灵鹊报喜。”但诗中的女主人公却不喜欢它，甚至恨它，因为它并没有真的带来喜讯，望眼欲穿的心上人并没有归来。

【赏析】

这首七绝写闺中少妇彻夜不眠，思念丈夫归来。

一、二句以“天欲明”而“孤灯未灭梦难成”形容长夜思念之苦，描述环境并叙写人物的心理活动，营造出了这首诗的

整体氛围。月落星稀，月亮已经快要不见了，天马上就亮了，星星也非常稀少，这样的夜色并非心旷神怡，却有着一种挥之不尽的忧愁和伤感。然后诗人将视角由窗外逐渐移向窗内，一盏孤灯和不能入眠的女主人公兀自相对。诗人并未直接诉说女主人公的不眠是因思念的缠绵，而是从侧面描写“月落星稀”的天色，以及女子深夜不眠的场景，所以就多了一些委婉曲折之致。“孤灯”说明了众人皆睡而女子独醒，暗示女子必是心有所思。“孤”字更是对女子孤寂的心境起到了深刻的暗示作用。

三、四句是发生在黎明时的一段小小插曲，大致是：少妇经过一夜失眠之后，忽然听到庭前树上传来喜鹊的叫声，心中不由惊喜，以为这是丈夫归来的预报。可是披衣向门前长望，方觉又是一场空欢喜！“不忿”是一个十分口语化的词，女子那一刻的恼恨是没来得及掩饰、自然而然产生的，因此用口语来表现，就比雕琢过的书面语更传神、更贴切。在这一瞬间仿佛能看到女子皱起的眉头，或者嘟起的小嘴。其实，这罪过不是喜鹊的，女子的不忿，表面是怨恨喜鹊让自己空欢喜一场，实际上是对迟迟不归的郎君的痴怨，对自己独守空房、在相思之苦中煎熬的气恼。

也许这样的情形已经不止一回，所以认为这是喜鹊预报不灵，抑或有意捉弄自己，不由得对喜鹊恼怒起来。然而，这绝不是仅仅对一只鸟儿的恼恨，而是凝聚着多年来独守空房的痛苦，以及对丈夫痴恋的深情。这首绝句，看似平直，其实写夜思之极而出门长望，长望之余而迁怒喜鹊，可谓一波三折，宛曲有致。

江　南　行

［唐］张　潮

茨菰叶烂别西湾，①
莲子花开不见还。②
妾梦不离江上水，③
人传郎在凤凰山。④

【注释】

①茨菰：俗称慈姑，块茎可食的水生植物。茨菰叶落，即为秋末冬初之际。西湾：江边的一个地名。

②秋去春来，又是莲荷盛开的季节了，可情郎还没有回来。莲子花开，指夏天。

③梦：做梦。

④凤凰山：凤凰是爱情的象征，这里指情郎去的地方。“人传”者，可信可不信也。

【赏析】

这首七绝描写家中妻子思念久离家乡、行迹不定的丈夫，首句回忆与丈夫分别的时间和地点。次句叙写到时不还，深叹丈夫离家之久。“茨菰叶烂”“莲子花开”，这是先回忆分别的时间、地点，再由此说到现在不见人归。说来简单，可诗人却描绘得有情有

景，相思绵绵。前者暗示出一个水枯叶烂、寒风萧萧的景象，它衬托出别离的凄楚；后者点染出满池荷花、红绿相映、生机勃勃的画面，反衬出孤居的寂寞难耐。

这种笔法细腻含情，一方面点出季节的特征，以见离别之久；另一方面又渲染了环境，在反衬中徒增惆怅，由久别而思，山思而梦。故第三句就转到写“梦”，同时又承首句“别西湾”而言，丈夫既是从水路别去，“妾梦”也自然“不离江上水”了。

然而，第四句“人传郎在凤凰山”，这句写得很含蓄，又很传神。可见往日多少个“不离江上水”的“梦”，原来都是一场空！远行的情郎是否果真另寻新欢去了，少妇的梦是否会如流水般消失，此间情和苦，尽在不言中。这样，由于丈夫行踪飘忽，音信渺茫，往后便是梦中也无处寻觅，于是，更加深了妻子梦魂不宁、哀怨怅惘的思绪。

这首诗上下两联各以意对，而又不斤斤于语言的对仗，第三句是一、二句的自然延伸和照应，第四句又突如其来，似断不断，把诗推向一个更为凄楚、失望的意境。它明快而含蕴，语浅而情深，深得民歌的神髓。

写　　情

[唐] 李　益

水纹珍簟思悠悠，①
千里佳期一夕休。②
从此无心爱良夜，
任他明月下西楼。

【注释】

①水纹珍簟(diàn):编织着水纹花样的珍贵竹席。思悠悠:思绪很多。悠悠:漫长,遥远。“水纹”句写独宿无眠,回忆往事。

②佳期:本指好时光,引申为男女约会的好时机。

【赏析】

《写情》是唐代诗人李益创作的一首失恋诗。此诗描写主人公与喜欢的女子约会不遇而感到失望、无奈，甚至绝望不已的心情。诗中说，诗人望穿秋水，苦苦等待，奈何对方爽约，于是失望之极，“从此无心爱良夜，任他明月下西楼”，表现了失恋的痛苦之情。

全诗语言简练，以美景烘托和渲染愁情，用虚拟手法突出人物形象，诗境含蓄深邃，在唐代众多描写男女情事的小诗中别具一格,历来为世人所传诵。

这首诗是由赴约不遇引起的。如果失约者是男性，那么这位痛苦失恋的人自然是女性了，反之，也说得通。诗从“水纹珍簟”起兴，旨在抒发耿耿不寐的悠悠思绪。“千里佳期”，说明这次约会来之不易，结果在一夕之间成为泡影，可谓前情尽弃，痛苦之情也就不言自明了。而这又是刚刚发生的，正是诗人最痛苦的时刻，是“最难将息”的时候。夜深人静，想起这件事来，不禁失眠。一、二两句从因果关系来看是倒装句法，首句是果，次句是因。

三、四两句明月应该是照耀良宵佳会的，既然佳会已属无望，明月相照，徒增烦恼，所以任它去了，看不见反而好些。不独此夜为然，而是从此之后，再也无心于观赏月朗风清的良宵美景了。此诗无一言说失恋之痛苦，而于事件和环境描写中其情自出。

这首诗艺术特点就是以美景衬哀情。在一般情况下，溶溶月色，灿灿星光能够引起人的美感。但是一个沉浸在痛苦中的心灵，美对他起不了什么作用，有时反而更愁苦烦乱。此诗以乐景写哀，倍增其哀。用“良夜”“明月”来烘托和渲染愁情，孤独、怅惘之情更突出，更含蓄，更深邃。

此诗艺术上的另一特点是用虚拟的手法，来加强语气，突出人物形象，从而深化主题。三、四两句所表现的心情与外景的不协调，既是眼前情况的写照，更预设了今后的情景。“从此无心”四字表示决心之大，决心之大正见其痛苦之深，终生难忘。“任他”二字妙在既表现出诗人的心灰意冷，又描绘出主人公的任性、赌气的个性特点，逼真而且传神。

王士禛、宋顾乐在《唐人万首绝句选评》中评价这首诗“极直极尽，正复情味无穷”。

春 闺 思

[唐] 张仲素

袅袅①城边柳，青青陌上桑。②
提笼忘采叶，昨夜梦渔阳。③

【注释】

①袅袅：细长柔软、随风摆动貌。杜甫《绝句漫兴》：“隔户杨柳弱袅袅。”

②陌上桑：在田间小路上采桑。《陌上桑》是一支乐府歌曲：“罗敷善蚕桑，采桑城南隅。青丝为笼系，桂枝为笼钩。”

③渔阳：秦渔阳县在今天津蓟县，秦、汉、魏、晋时渔阳郡治此。隋末改无终县为渔阳。隋玄州渔阳郡、唐蓟州渔阳郡均治此。唐以后渔阳为蓟州治所。明省入蓟州 。今为蓟县。现蓟县西北有一山，名曰渔山，县城在山南，故名渔阳。

【赏析】

这是一首采桑妇思念征夫的诗。城边柳丝袅袅，陌上桑叶青青，确实是一个春光明媚的时节。“袅袅”写出柳条依人的意态，“青青”是柔桑逗人的颜色，这两个叠词又渲染出融和骀荡的无边春意。这就使读者如睹一幅村女采桑图。

可是丈夫久戍不归，则袅袅柳丝只能使人勾起依依不舍的送别往事，青青桑叶便使人联想到“昼夜常怀丝（思）”的春蚕。这景色就很自然地牵出了思念之情。后二句在蚕事渐忙、众女采桑的背景上现出女主人公的特写形象：她倚树凝思，一动不动，手里提着个空“笼”——这是一个极富暗示性的“道具”，“提笼忘采叶”，表露出她身在桑下而心不在焉。心儿何往？末句就此点出“渔阳”二字，意味深长。

可是，今天的思念，显然与往日不同，因为昨夜梦中到过丈夫征戍的地方，所以此时是对昨夜好梦的回味。“提笼忘采叶”一句，是描写女子沉浸于思忆的神态，仿佛也在梦中。人在陌上，梦在渔阳，景中人，梦中情，情景对照，别有一种意境。诗写到此已入正题，但它并未直说眼前少妇思夫之意，而是推到昨夜，说“昨夜梦渔阳”。写来不仅更婉转，且能见昼夜怀思、无时或已之意，比单写眼前之思，情意更加深厚。

燕 子 楼

［唐］张仲素

楼上残灯伴晓霜，
独眠人起合欢床。①
相思一夜情多少，
地角天涯未是长。②

北邙松柏锁愁烟，
燕子楼中思悄然。③
自埋剑履歌尘散，
红袖香销已十年。④

适看鸿雁洛阳回，
又睹玄禽逼社来。
瑶瑟玉箫无意绪，
任从蛛网任从灰。

【注释】

①前两句以景入情，形象地描绘出女主人公的孤苦伶仃。燕子楼内的残灯与楼外的晓霜相伴，在本是夫妻“合欢”之床上独眠的怨妇，格外寂寥而凄清。

②相思一夜：意即彻夜无眠。思念之情，何其悠悠，世间万物，无与伦比。即使天涯海角，长路漫漫，和女主人公盼眷之情比较起来，也不足论。

③北邙：当年洛阳著名的坟场，亦即张愔归葬东洛的墓地。这两句写盼盼在燕子楼中对张愔的思恋。悄然：忧愁貌。白居易《长恨歌》：“夕殿萤飞思悄然，孤灯挑尽未成眠。”

④剑履：《史记・萧相国世家》载，汉高祖特赐萧何“带剑履上殿”。后因以剑履咏朝廷重臣。这里喻指张愔。红袖：喻指盼盼。香销：香味消失，亦即离开歌坛舞榭。

【赏析】

徐州名妓关盼盼，善歌舞，雅多风态，嫁尚书张愔为妾，感情甚笃。张愔死后，归葬东洛，盼盼念眷旧情而不再嫁，独居徐州张氏旧第中之燕子楼十余年。张仲素与张愔素交甚厚，深知其爱恋内情，因此写《燕子楼》三首，以平实的语言，诉说痴情女的执着和悲伤。

这三首诗是描写关盼盼对已故的张愔的痛苦思念之情。

第一首写彻夜相思。首句写残灯未灭而晓霜已凝，说明未亡人的通宵不眠。次句以“独眠人”与“合欢床”相照，既点出未亡人孤独寂寞，又包含对死者的悲悼。第三、四句以“地角天涯”写尽相思之深长。

第二首写不思歌舞。前两句写死者和生者的愁思相应，其意自然是未亡人对亡灵的悲怀。后两句则是这种悲怀的实际情形,这便是漫长的十年间歌尘飘散,红袖消香,可见其愁思之苦。

第三首写无意管弦。前两句写人间春色，鸿雁北归，春燕逼社，乃是生意盎然之时，无奈人去景在，徒生悲愁。后两句便是这种心境的具体写照。“瑶瑟玉箫”是当初对景吹奏之物，当含琴瑟相和之情，如今一任蛛网和灰尘的覆盖，怅惘痛苦的思绪由可想见了。

这三首诗代关盼盼抒发她“念旧爱而不嫁”的生活和感情，表现了她忠于爱情，至死不渝的品质，写得情意婉转，凄楚动人。

白居易读了张仲素的诗，也甚为之恸，依原韵写了和诗三首。

第一首是：

满床明月满帘霜，被冷灯残拂卧床。

燕子楼中霜月夜，秋来只为一人长。

第二首是：

钿晕罗衫色似烟，几回欲著即潸然。

自从不舞霓裳曲，叠在空箱十一年。

第三首是：

今春有客洛阳回，曾到尚书墓上来。

见说白杨堪作柱，争教红粉不成灰？

白居易的诗和张仲素的诗组成组诗，这两组组诗的题材主题相同，诗体相同，和诗用韵与唱诗又为同一韵部，连押韵各字的先后次序也相同，既是和韵又是次韵。

蝴　蝶　飞

［唐］李　贺

杨花扑帐春云热，①
龟甲屏风醉眼缬。②
东家蝴蝶西家飞，③
白骑少年今日归。④

【注释】

①杨花：指柳絮。唐李白《闻王昌龄左迁龙标遥有此寄》诗："杨花落尽子规啼，闻道龙标过五溪。"春云：双关语，既指成阵的杨花，又指少妇思夫的春情。

②龟甲屏风：闺房里画有龟甲图案的屏风。古时曾以龟甲为货币，并作占卜之用，很是贵重，因常用作装饰图案。缬(xié)：古代一种彩帛名，这里形容少妇衣着华美。

③蝴蝶飞：喻指喜讯。古人认为蝴蝶飞是喜事，如果它忽然入宅舍，"主行人即返"（吴曾《能改斋漫录》）。

④白骑(jì)少年：骑白马的少年。

【赏析】

在春光明媚的日子里，闺中少妇终于把久别的丈夫盼回来了。这首诗描写少妇的无限欣喜、亲朋好友也为之高兴的热闹景象。

此诗描写一位长期独处的少妇正在春风帐里入睡，年轻的丈夫出外远游终于归来的情景。首二句以景写人，“杨花”带来春的气息，“龟甲屏风”交代少妇的身份。

“蝴蝶轻轻扑打着室内的卧帐，卧帐里散发着春天的温热气息。

床前一幅华贵的龟甲屏风，床上搭着她那美丽的彩衣。”

第三句写少妇的眼前之景，蝴蝶飞舞既带来喜讯，又点明题意。

“年轻的丈夫长期出门在外，就像蝴蝶一样到处飘飞。”

第四句顺势导出“白骑少年今日归”。

“正在今日这个时候，他骑着白马回到自己家里。”

全诗短短四句，活灵活现地表明了少妇的孤寂和少年郎的潇洒不羁，写法上将闺中少妇的深情点化于言外，大有脱俗换骨之意趣。

这首诗写闺妇喜夫之归，但没有从正面描写人物的欢乐之情着手，而是极力做了环境气氛的烘托。本来是一片凄凉冷落的闺房，顿时变得热闹起来。先用飞舞的杨花、温暖的春云渲染出一片春日的柔和气氛，次以睡眼朦胧地斜倚屏风来描绘人物的脉脉含情的神态；然后再以蝴蝶也被吸引着离开东家而纷纷都向这边飞来，更见出这里的一派温馨欢乐景象。于是，最后一句才作了点睛的交代：原来是年轻的丈夫今日骑着白马归来了！这首诗写良人乍归，闺中喜出望外之情，可谓是入木三分。

竹 枝 词

［唐］刘禹锡

杨柳青青江水平，
闻郎江上唱歌声。
东边日出西边雨，
道是无晴却有晴。①

【注释】

①晴：与“情”谐音。《全唐诗》：也写作“情”。

【赏析】

《竹枝词》是古代四川东部的一种民歌，人们边舞边唱，用鼓和短笛伴奏。赛歌时，谁唱得最多，谁就是优胜者。刘禹锡任夔州刺史时，非常喜爱这种民歌，他学习屈原作《九歌》的精神，采用了当地民歌的曲谱，制成新的《竹枝词》，描写当地山水风俗和男女爱情，富于生活气息。诗的体裁和七言绝句一样，但在写作上，多用白描手法，少用典故，语言清新活泼，生动流畅，民歌气息浓厚。刘禹锡创作多首《竹枝词》，这是其中一首。

这首著名的情诗，描写一个青年女子在恋爱过程中的一段心理活动。杨柳送青，江水上涨，首句描写少女眼前所见景物，用的是起兴手法。这一句描写的春江杨柳，最容易引起人的情思，于是很自然地引出了第二句。

怀春的女子忽听得江面飘来一阵歌声，那是她所爱的人唱的。这一句是叙事，写这位少女在听到情郎的歌声时起伏难平的心潮。歌声里的情意总是叫她猜不透：是他真情传递，还是她自作多情？

最后两句“东边日出西边雨，道是无晴却有晴”为双关隐语，明写天气，暗指爱情，不独写实景，且又谐音巧妙，“东边日出西边雨”，表面是“有晴”“无晴”的说明，实际上却是“有情”“无情”的比喻。这使少女听了，真是感到难以捉摸，心情忐忑不安。但她是一个聪明的女子，她从最后一句辨清了情郎对她是有情的，因为句中的“有”“无”两字中，着重的是“有”。因此，她内心又不禁喜悦起来。这句用语意双关的手法，既写了江上阵雨天气，又把这个少女的迷惑、眷恋和希望等一系列的心理活动巧妙地描绘了出来。

此诗以多变的春日天气来造成双关，以“晴”寓“情”，具有含蓄的美，对于表现女子那种含羞不露的内在感情，十分贴切自然。最后两句一直成为后世人们所喜爱和引用的佳句。

用谐音双关语来表达思想感情，是我国从古代到现代民歌中常用的一种表现手法。这首诗用这种方法来表达青年男女的爱情，更为贴切自然，既含蓄，又明朗，音节和谐，颇有民歌风情，但写得比一般民歌更细腻，更含蓄。因此，历来为人们所喜爱传诵。

这首诗民歌味甚浓，在文人诗中自有特色，其清新活泼，明朗健康的格调，确实别具一格。

长　相　思

[唐] 白居易

汴水流，泗水流，流到瓜州古渡头。吴山点点愁。①

思悠悠，恨悠悠，恨到归时方始休。月明人倚楼。②

【注释】

①汴水：古水名。隋代开凿通济渠，其间荥阳至开封一段即古之汴水，唐、宋时即将通济渠出河入淮之东段称作汴水，又称汴河。泗水：发源于山东泗水县流经江苏入淮的一条河流。瓜州：今江苏邗江县南的一个渡口，大运河在此注入长江。吴：指古吴国属地，即今江淮一带。

②悠悠：深长的意思。归时：日夜思恋的情郎归来之日。

【赏析】

这首词是抒发“闺怨”的名篇，构思比较新颖奇巧。它写一个闺中少妇，月夜倚楼眺望，思念久别未归的丈夫，充满无限深情。词作采用画龙点睛之笔，最后才点出主人公的身份，突出作品的主题思想，因而给读者留下强烈的悬念。

此词上片写景，暗寓恋情；下片直抒胸臆，写女子久盼丈夫不归的怨恨。前三句用三个“流”字，写出水的蜿蜒曲折，也酿造成低徊缠绵的情韵；下面用两个“悠悠”，更增添了愁思的绵长。全词以“恨”写“爱”，用浅易流畅的语言、和谐

的音律，表现人物的相思之痛、离别之苦；特别是那一派流泻的月光，更烘托出哀怨忧伤的气氛，增强了艺术感染力，显示出这首小词言简意富、词浅味深的特点。

诗作最后一句十分精妙，值得反复玩味。戏剧舞台上主角出台亮相前，先在幕后唱一段导板，和电影艺术中的“画外音”相似，往往会有惊人的艺术效果。白居易正是用的这种创作手法。最后一句点睛之笔，把月下倚楼愁望的女主人公化入画面，她的情、她的恨，就和前面的“画外音”融在一起，活生生地展现在读者眼前了。

采 莲 曲

[唐] 白居易

菱叶萦波荷飐风，①
荷花深处一船通。②
逢郎欲语低头笑，
碧玉搔头落水中。③

【注释】

①萦波：旋回的水波。荷飐(zhǎn)风：飐是动词，意为使之动摇，此处为倒装句，即风把荷花吹得直摇曳。

②少女的船划进了开得很茂盛的荷花深处。

③碧玉搔头：古代的一种首饰，即玉簪，卡发髻用，有时也顺手取来搔头皮。据《西京杂记》载："(汉)武帝过李夫人，就取玉簪搔头。自此后，宫人搔头皆用玉，玉价倍贵焉。"因而玉簪俗称搔头。

【赏析】

这首七绝描写一对青年男女在荷花深处相逢的情景，青年女子想交谈又怕羞，娇媚之态，刻画入微。

前两句写景叙事。因为行船涌起水波带起风，所以菱叶打旋，荷花摇摆，这真像一幅翻动着的

美丽图画！风中婀娜舞动的荷叶荷花，从荷花的深处有小船飞梭，画面充满了动感。也许情郎早已静静地等候在荷花深处，由于荷叶遮掩，姑娘没有发现，直到船头相碰，才喜出望外。

后两句转入人物描写，采莲姑娘遇到自己的情郎，描写乍一见面时姑娘的情态，正想说话却又怕人笑话而止住，羞涩得在那里低头微笑，不想一不小心，头上的碧玉簪儿落入了水中。诗人抓住人物的神情和细节精心刻画，一个大胆含羞带笑的鲜亮形象宛如就在我们眼前。这神情姿态描绘得惟妙惟肖。两人之间微妙的情爱也都在不言之中了。

此诗用乐府旧题写男女恋情，少女欲语低头的羞涩神态，以及搔头落水的细节描写，都自然逼真，意味无穷。

在男女授受不亲的年代，小姑娘这样大胆是不容易的，过去的三从四德和封建礼法对人的约束，是现在的我们不可想象的。不过，江南水乡一直孕育着这些多情而又大胆的儿女，像李清照等人更具江湖儿女的豪情。

遣悲怀三首

[唐] 元　稹

谢公最小偏怜女，
自嫁黔娄百事乖。①
顾我无衣搜荩箧，
泥他沽酒拔金钗。②
野蔬充膳甘长藿，
落叶添薪仰古槐。③
今日俸钱过十万，
与君营奠复营斋。④

昔日戏言身后意，⑤
今朝都到眼前来。
衣裳已施行看尽，
针线犹存未忍开。⑥
尚想旧情怜婢仆，

也曾因梦送钱财。[7]
诚知此恨人人有，
贫贱夫妻百事哀。

闲坐悲君亦自悲，
百年都是几多时。[8]
邓攸无子寻知命，
潘岳悼亡犹费词。[9]
同穴窅冥何所望，
他生缘会更难期。
唯将终夜长开眼，
报答平生未展眉。[10]

【注释】

①谢公：指东晋宰相谢安，此处以谢公喻韦夏卿。韦官至太子少保，死后谥左仆射，属宰相之位。谢公最喜欢侄女谢道韫，韦丛乃韦公最疼爱的幼女，因把韦丛比作谢道韫。黔娄：春秋时齐国的贫士。作者借以自喻。乖：乖蹇，不顺心。

②我没衣服，你搜遍了你的草箱子；为了让我有酒喝，你求人卖掉金钗来买酒。顾我，看我。荩箧，草编的箱子。泥他，软语求他。

③甘长藿：甘愿吃豆叶之类野菜充饥。仰古槐：仰仗槐树落叶，

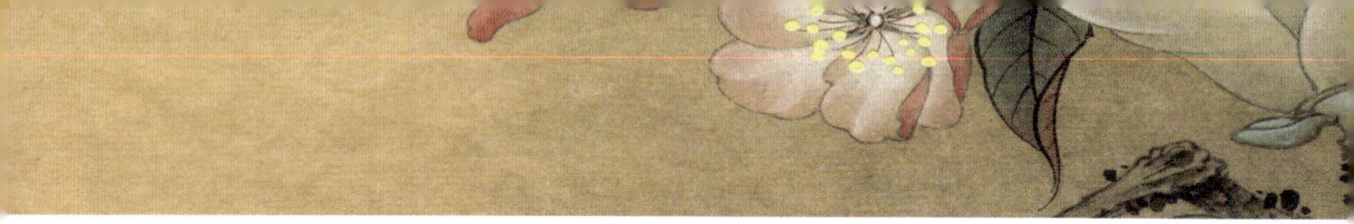

好有柴烧。

④今天我当了官，俸钱超过十万，我当购买祭品，请僧人为你超度。俸钱，工资、薪金。营奠，办理祭品。营斋，办理斋饭。

⑤戏言身后意：开玩笑说，死后如何如何。

⑥按照你的意思，把你的衣服差不多全送人了，只是针线包还留着没忍心打开。

⑦想着你旧日的恩情，对你的婢女仍很怜爱；梦里也想着给你烧化纸钱。

⑧百年：指人之一生。生命有限，能活多久！

⑨邓攸：晋人，战乱中曾舍子保侄，致使膝下无子。到五十岁时，才由继室裴氏生了一个儿子。知命：《论语·为政》："五十而知天命。"潘岳：晋人，妻死后曾写悼亡诗三首，传诵于世。费词：意为浪费言词。哀悼诗写得再好，对死者也是白说。

⑩即使死后合葬一起又有什么用处；至于来生再结姻缘更是难以期望的事。同穴，合葬。窅(yǎo)冥，渺茫深远貌。长开眼：传说鳏鱼眼睛终夜不闭。未展眉：没有露过笑容。意思是说，妻子终生劳苦而未得舒展。

【赏析】

元稹幼孤，家贫。二十五岁和太子少保韦夏卿的幼女韦丛结婚。婚后虽生活艰辛，但能同甘共苦，伉俪情深。七年后韦丛去世，元稹悲痛不已，写了几十首哀悼诗。这是其中三首，既独立又相连，写得情真意切，广为世人传诵。

第一首回忆夫妻生活之艰苦，赞美韦丛之勤俭持家，主要

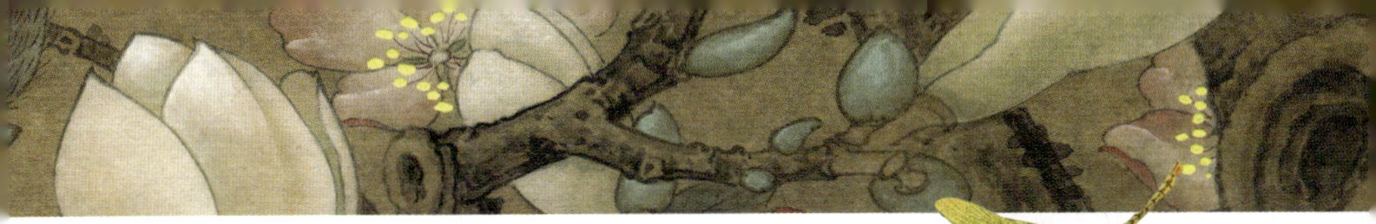

是追怀妻子生前之事。

“她是谢公最偏爱的小女儿，嫁给我这贫士百事不顺心。

见我无衣衫到处翻箱倒柜，求她买酒就拔下头上金钗。

野蔬豆叶充饥她吃得甘美，靠古槐落叶当柴也无怨言。

今天我的俸钱已超过十万，只能为你办祭品烧些纸财。”

第二首从妻子生前的戏言下笔，痛诉“贫贱夫妻百事哀”，主要描写妻子死后他对妻子的悲悼，施舍衣裳、保存针线、怜惜婢仆、捐赠钱财等都是悲悼妻子的行为。

“往昔开玩笑说死后的安排，今天都一一摆到我面前来。

施舍衣裳早已没剩下几件，只留下针线盒我不忍打开。

想起旧日情意更怜惜婢仆，也曾因梦见你而赠送钱财。

我知道这种遗恨人人都有，患难夫妻永诀后更感悲哀。”

第三首主要抒写诗人自己目前的悲怀，感叹无子，写诗悼亡，期望死后同穴、他生缘会等等都是他彻夜悲思的内容。可见每首都有一个不同的题材角度，各自都有独立的意旨和完整的结构。

“闲坐为你悲伤自己也悲伤，就是活百年又有多少时光。

邓攸没儿子时人感叹天命，潘岳悼亡妻用词颇费思量。

夫妇同穴的夙愿多么渺茫，来世再结夫妻尤其难设想。

只有以此长夜不眠的思念，来报答你一生的愁苦奔忙。”

但是，三首诗在内容上是按叙述逻辑作了精心安排的。因为是悼亡，所以先写亡妻，从追怀她的生前写到死后对她悼念，然后再写悼亡者为自己悲伤。

在结构上，三首诗之间也有勾连，第一首最后的“营奠”“营斋”，是指死者的祭灵之事，自然地引出第二首悼念的行为；

第二首最后的“哀”字，既关合了对亡妻的哀悼，也带出了第三首为自己伤感；同时第三首结束句“报答平生未展眉”，又和第一首开头的“自嫁黔娄百事乖”句相呼应，完成了三首诗在结构上的整体回环关合。

这三首悼亡诗之所以感人至深，是因为它们富有真情实感。诗人对亡妻真挚的感情，都是通过生前死后的具体细节来表现的。

第一首写在贫寒的处境中妻子对自己的体贴入微，用“顾我”和“泥他”的神志描写来表现夫妻的融洽无间，更用“搜荩箧”和“拔金钗”的细节动作来刻画妻子对自己倾情关爱。妻子的爱，既然这样生动细致地长久保留在诗人心中，也可见诗人感念之深，益发显出悲怀的难遣。

第二首也是这样。施舍衣裳、保存针线，怜婢捐钱等举动，都堪称生动逼真的细节，正是从这些细节中抒写出诗人对亡妻发自肺腑的哀悼之情的。所以，读来不像有些悼亡诗那样空泛虚飘，而有实实在在的情感。

第三首写妻子早逝后自己的思绪，由妻子的早逝，想到了人寿的有限，寄希望于死后夫妇同葬和来生再做夫妻。但是，再冷静思量：这仅是一种虚无缥缈的幻想，最后逼出一个无可奈何的办法：“唯将终夜长开眼，报答平生未展眉。”

在我国古典文学的众多的悼亡诗中，这三首悼亡诗称得上屈指可数的杰作。

啰 唝 曲

[唐] 刘采春

不喜秦淮水，生憎江上船。①
载儿夫婿去，经岁又经年。②

莫作商人妇，金钗当卜钱。③
朝朝江口望，错认几人船。

【注释】

①生：古诗词中多作“最”解。生憎，即最憎、最恨。卢照邻《长安古意》：“生憎帐额绣孤鸾，好取门帘帖双燕。”不恨丈夫久出不归，而把怨恨算在水和船的账上，立意新颖。

②经岁又经年：一年又一年。

③卜：占卜。

【赏析】

刘采春是中唐时期的女伶，元稹有诗赞美她：“言词雅措风流足，举止低回秀媚多。”《啰唝曲》或曰《罗唝楼》，又名《望夫歌》，词牌名。因陈后主在金陵建有啰唝楼而得名。

据《通雅》释意，“啰唝”意即口语“来啰”，呼唤亲人回来之意。有学者认为，此曲只是刘采春所唱，并非她创作，作者已佚名。

《全唐诗》载《啰唝曲》六首，这里选录两首，仍按一些唐诗选本的旧例，录在刘采春名下。

这两首《啰唝曲》都是写商人妇思盼丈夫归来之作，但写法上却不一样。

第一首和徐月英《送人》的写法相类，写人的别恨，却恨及河水和江船。换言之，通过憎恨"载儿夫婿去"的"秦淮水"和"江上船"来抒发对丈夫经岁经年地久别不归的怨恨之情。

这位少妇在独处空闺、百无聊赖之际，想到夫婿的离去，一会怨水，一会恨船，既说"不喜"，又说"生憎"；想到离别之久，已说"经岁"，再说"经年"，好像是胡思乱想，想到哪里就说到哪里，但却情真意切，生动地表现出了闺中少妇的"天真烂漫"的神态。

第二首则不然，采用的是误会法。金钗是用来妆饰头发的，可是误当卜钱使用，可见卜问归期之心情迫切和神思恍惚。船是别人家的船，一次又一次地错看作是丈夫的归船，盼望丈夫归来的情状也就跃然纸上了。

卜钱是占卦问卜的骰子，是一种赌具，又叫色子，又可用以占卜吉凶。全句是金钗充当骰子，这里强调投掷问卜的急切。这里用金钗代替金钱，想必为了取用便利，可见其占卜之勤。而由于归期无定，就又抱着随时会突然归来的希望，所以在占卜的同时，还不免要"朝朝江口望"。但望了又望，带来的只是失望，得到的只是"错认几人船"的结果。这首诗开头否定意飘然，抒发内心自叹怜。结尾传神情甚切，精微凝练巧奇鲜。

这两首诗，语言浅显，不事雕琢，脱口而出，而能别饶风

味，这主要是依靠准确生动地描绘人物的行动和心理，给人以情状逼真的感觉，达到了神韵天成的境界。

据说，“采春一唱是曲，闺妇、行人莫不涟泣”，这固然是由于它在艺术上确有其足以感人的力量，但也还在于它写的是一个有社会意义的题材。因为随着唐代商业的发达，嫁作商人妇的少女越来越多，然而“商人重利轻别离”，往往致使妻子受够分离之苦。而这两首《啰唝曲》深深地道出了商人妇“朝朝江口望”的悲苦心情。

述　　怀

［唐］崔　氏

不怨卢郎①年纪大，
不怨卢郎官职卑。
自恨妾身生较晚，
不及卢郎年少时。

【注释】

①卢郎：崔氏的丈夫，是个校书郎(校勘书籍的官)，娶崔氏时已到暮年。

【赏析】

崔氏，校书郎卢某的妻子，生平不详。据说，卢某娶崔氏时已是暮年，崔氏则尚在青春少年，固有怨恨，微露愠色，写下了这首《述怀》诗。

这首诗不用比兴，也无典故，全是白话陈述，而语气中带有明显的怨艾和揶揄。前两句反语，是对丈夫的怨中用两个“不怨”，其实是很深的“怨”，怨丈夫年纪大，官职卑。后两句对比，是对自己的恨。恨自己生得晚，恨自己不及丈夫年轻时。这恨似乎无理，实则是自怨自艾，自我解嘲，也包含着对年老丈夫的讥刺。这两句独承“年纪”而不及“官职”，可见她所“怨”的正意乃在于年龄之悬殊上，实不般配却要相娶，以致形成这样不合理的婚姻。表面上是怨恨自己，实质上还是怨恨对方，怨恨世情。

这首诗是一个年轻妇女在嫁给一个年迈的丈夫之后，没有幸福可言，但少妇无力反抗，只能用自嘲的语言，控诉封建婚姻制度的无情和残酷。想一想，这是何等的悲哀！

写真寄夫

［唐］薛　媛

欲下丹青笔，[1]先拈宝镜寒。[2]
已经颜索寞，渐觉鬓凋残。[3]
泪眼描来易，愁肠写出难。[4]
恐君浑忘却，时展画图看。[5]

【注释】

①丹青笔：画笔。丹青是古代绘画的颜料。《汉书·苏武传》：“竹帛所载，丹青所画。”

②拈(niān)：搓捏、拿取。拿过镜子照着画自己的像。寒：寒心的意思。

③从镜子里看，自己脸色很不好看，鬓发开始脱落，已经老了。索

寞，寂寞萧索、没有生气的样子。冯延巳《鹊踏枝》：“休向尊前情索寞。”

④画愁苦的外形比较容易，画内心的痛苦就困难了。

⑤你别把家中的妻子忘了，时不时地打开这张画像看看吧！

【赏析】

薛媛的丈夫想另寻新欢，她对镜画了一张自己的像，并写了这首深情的诗，寄给丈夫。终于把丈夫又挽回到自己身边。

这是一首和自画像一起寄给丈夫的五言律诗（也许就是题画诗）。它着重描述女主人公画像时的痛苦心情，这是一种将被遗弃而又难以言明的痛苦心情。

未下画笔，先已心寒，起首二句便是心酸话语。接着叙写为自己的容颜憔悴而吃惊。容貌突然憔悴，自然是心中忧愁所致，所以这也是写内心的痛苦。再接着进一步抒写难以表达的愁怀，画出来的只不过是形貌的悲哀，而内心的痛苦是画不出来的。最后提醒丈夫，还是经常看看画像，不要忘记结发夫妻。这是说明画像的目的，也是对画像内容的补充。实际上诗所包含的感情确是自画像所不能完全代替的。这首诗扣住画像来写，却又处处含情，情中哀怨深切，但又颇能自制，可谓哀而不怨，怨而不怒，难怪丈夫被深深感动。

题都城南庄

[唐] 崔　护

去年今日此门中，
人面①桃花相映红。
人面②不知何处去，
桃花依旧笑③春风。

【注释】

①人面：指姑娘的脸。

②人面：在这一句中指代姑娘。

③笑：形容桃花盛开的样子。

【赏析】

据《本事诗》记载：崔护于清明日寻春独行，至都城南庄，口渴求饮。一个美丽的姑娘很热情地接待他，“以杯水至，开门，设床命坐……意属殊厚，妖姿媚态，绰有余妍”。崔用言语挑逗，姑娘不答话，只是倚靠在桃树枝上，含情脉脉地凝视着他。临别，均有依依之色。来年清明他又情不自禁地来到这里，但已人去房空。因题诗门扉之上。

这首脍炙人口的七绝确乎是一首美妙的爱情诗。说它美妙，固然是由于它写出了“人面桃花”的佳句，摄下一个娇艳明媚的女子的倩影，给人们以生动美好的印象。但是，更主要的还在于：作者采用了对比的手法，抒写出对这位艳如桃花的姑娘动人的怀念之情。

同是清明时节，同是此门之中，同是桃花春风，所不同的就是“人面不知何处去”。通过对比，得出三同一异。而因为有此一异，便使三同皆空，追忆这既已失去的美好事物，怅惘之情便油然而生。清明，是大好时光；此门，是大好处所；桃花，是大好景色。时间、处所、景色越好，越显得人面已去的感伤。诗人对姑娘深深的怀念之情在这样的对比之中也就表露无遗了。

这首诗设置了两个场景，“寻春遇艳”与“重寻不遇”，虽然场景相同，却是物是人非。开头两句追忆“去年今日”的情景，先点出时间和地点，接着描写佳人，以“桃花”的红艳烘托“人面”之美；结尾两句写“今年今日”此时，与“去年今日”有同有异，有续有断，桃花依旧，人面不见。两个场景的映照，曲折地表达出诗人的无限怅惘之情。此诗脍炙人口，尤其以“人面不知何处去，桃花依旧笑春风”二句流传甚广。

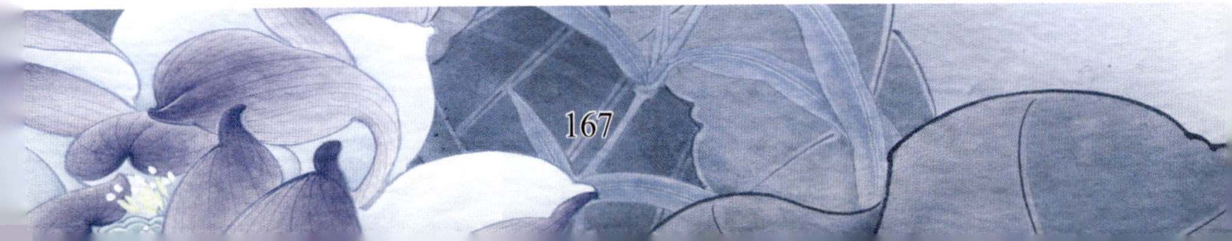

闺意献张水部

[唐] 朱庆馀

洞房昨夜停红烛，①
待晓堂前拜舅姑。②
妆罢低声问夫婿，③
画眉深浅入时无？④

【注释】

①红烛：用于喜庆(如祝寿、结婚等礼仪)的红色的蜡烛。

②舅姑：翁姑，即公婆。

③夫婿：丈夫。

④无：语气词。用在句末，表示疑问语气，可译为“吗”“么”之类。白居易《问刘十九》：“晚来天欲雪，能饮一杯无？”

【赏析】

这首诗本是作者向当时主持科举考试的水部郎中张籍打探仕途的，因立意新奇，一向被认为是描写新嫁娘心理状态的绝妙佳作。

这首诗是一个意境优美的特写镜头：在红烛通明的新房里，为了到堂前去拜见公婆，新娘梳妆已毕，坐等天明，但对自己明艳的新妆还不放心，又对着镜子低声问夫婿：“画眉深浅入时无？”这一含情脉脉的有声画面，把初婚女子待见公婆的紧张情绪，带点羞涩的爱美心理，连同对丈夫的信赖、柔情，表现得十分恰切而生动。

这首诗的原题为《闺意上张水部》，又题《近试上张水部》。张水部，即张籍（张水部员外郎）。如果将“闺意”和因试期临近献诗给当时以推荐贤才颇有名望的张籍联系起来，那么这首诗的比拟意义是不言而喻的：以新娘自比，以新郎比张籍，以舅姑比主考，征求张籍的意见，自己的文章是否合乎时势？

仅仅作为“闺意”，这首诗已经是非常完整、优美动人的了，然而作者的本意，在于表达自己作为一名应试举子，在面临关系到自己政治前途的一场考试时所特有的不安和期待。应进士科举，对于当时的知识分子来说，乃是和女孩儿出嫁一样的终身大事。如果考取了，就有非常广阔的前途，反之，就可能蹭蹬一辈子。这也正如一个女子嫁到夫家，如果得到丈夫和公婆的喜爱，她的地位就稳定了，处境就顺当了，否则，日子就很不好过。诗人的比拟来源于现实的社会生活，在当时的历史条件之下，很有典型性。

朱庆馀呈献的这首诗获得了张籍明确的回答。在《酬朱庆馀》诗中，他写道：

“越女新妆出镜心，自知明艳更沉吟。

齐纨未是人间贵，一曲菱歌敌万金。”

由于朱的赠诗用比体写成，所以张的答诗也是如此。在这首诗中，他将朱比作一位采菱姑娘，相貌既美，歌喉又好，因此，必然受到人们的赞赏，暗示他不必为这次考试担心。

赠　别

[唐] 杜　牧

多情却似总无情，
唯觉樽前笑不成。①
蜡烛有心还惜别，
替人垂泪到天明。

【注释】

①在饯别的酒席上想笑也笑不出来。樽，酒杯。

【赏析】

这是一首艺术功力很强的情人话别的著名诗篇。原诗共两首，告别的是和他相好的一个年轻美貌的歌妓。这里选的是第二首。这首七绝描写与妓女通宵饯行的惜别之情。

首句点出离情之多，“多情”却用“无情”来形容，说明离情复杂难言，情人相恋，自是多情；忍心相离，岂非无情？写活了一副无可奈何的愁苦神情。

次句与离别的悲苦，却又从“笑”字入手，从感觉上写想笑却笑不出来，也许本想强颜欢笑以劝慰对方，结果自己已是无法控制，愈见悲苦之深。

三、四句不写惜别者如何感伤，却运用了惜物抒情的手法，从蜡烛写来：烛心是燃蜡的，却说它有意惜别，蜡油是熔化的，却说它替人垂泪。不写情人垂泪，而写蜡烛垂泪，把离愁别恨写得委婉缠绵，伤感过人。咏物抒情，别具韵味。因为心有所苦，则眼前所见无不成了感伤之物，这一比拟确乎用得贴切而生动，比之正面写人惜别要鲜明得多，强烈得多。而用“到天明”三字，既说明饯别宴会时间之久，又表现了不忍分离的深情。

诗人用精炼流畅、清爽俊逸的语言，表达了悱恻缠绵的情思，余韵不尽。杜牧为人刚直有节，敢论列大事，却也不拘小节，好歌舞，风情颇张，此诗亦可见此意。

南歌子

[唐] 温庭筠

手里金鹦鹉，
胸前绣凤凰。
偷眼暗形相。①
不如从嫁与，作鸳鸯。②

【注释】

①形相：打量、观察、端详。罗隐《堠子》诗："君知不识字，第一莫形相。"

②从：任从、听从。李白《白头吟》："莫倦龙须席，从他生网丝。"作鸳鸯：做夫妻。

【赏析】

这首小令，明丽自然而富于情韵，具有浓郁的民歌风味。

这首小令写一位待嫁的女子，带着心爱的金鹦鹉，穿起了绣着凤凰的彩衣，暗中左顾右盼，偷偷打量，心想就这样嫁给他，作一生的鸳鸯吧！

一说"手里金鹦鹉，胸前绣凤凰"二句指贵公子，即拟嫁与之人，亦通。

在这里，作者为人们展示了一个鸟的意象系列：活的鹦鹉、绣的凤凰、抽象的富于象征意味的鸳鸯。唐人多以鹦鹉、凤凰对举，如骆宾王诗云："鹦鹉杯中浮竹叶，凤凰琴里落梅花。"又如杜甫诗云："香稻啄馀鹦鹉粒，碧梧栖老凤凰枝。"但词中的鹦鹉、凤凰似乎只是为了招来鸳鸯。她端详了半天，看到的是她手里的鹦鹉、胸前的凤凰，于是自然而然地想到了鸳鸯，选择了鸳鸯。"不如从嫁与"一句颇觉突兀，而"作鸳鸯"又使"不如从嫁与"变得顺理成章，意象的转换揭示了少女的心理变化进程。

温庭筠借助民间艺术中常用的比兴手法使这首流于浅近的词饶有趣味，为人们描绘了一幅世俗的、平凡的而又充满了生命活力的民间生活小景。

胡国瑞《论温庭筠词的艺术风格》：因为感情的充沛，使那浓丽的辞藻适当地发挥了它们光辉作用。这首词所描写的青年男女既缠绵而又真率的恋爱情节，颇有民歌风味的余风，这应是它所以令人感到新鲜活泼的重要原因。

李冰若《栩庄漫记》"不如从嫁与，作鸳鸯"，盖有乐府遗风。

夏承焘《唐宋词欣赏》：温庭筠写爱情的词，最明朗的像"偷眼暗形相，不如从嫁与，作鸳鸯"。他至多只能说到这样，与韦庄的作品比较起来，仍是婉约含蓄的。

无　　题

［唐］李商隐

昨夜星辰昨夜风，
画楼西畔桂堂东。①
身无彩凤双飞翼，
心有灵犀一点通。②
隔座送钩春酒暖，
分曹射覆蜡灯红。③
嗟余听鼓应官去，
走马兰台类转蓬。④

【注释】

①画楼、桂堂：都是比喻富贵人家的屋舍。

②彩凤：美丽的凤凰、比翼双飞的凤凰。灵犀：一种怪兽，古代被视为灵异之物。犀牛角中有一条白纹，直通两头，有心灵感应功能，号称“通天犀”。

③隔座送钩、分曹射覆：都是古时酒宴上的游戏。送钩是将钩藏于手中让人猜。相传汉武帝的钩弋夫人少年时两手拳曲不能伸，武帝为之掰开，得一玉钩。由此衍生出送钩游戏。射覆则是将某物覆盖在一器皿之下，让对方猜，以定

输赢。分曹：分队。

④兰台：当时的官府名，即秘书省，收藏图书典籍的地方。转蓬：像蓬草那样(随风)转动。

【赏析】

这是一首追忆所遇见的艳情场景的诗，写作者在一次宴会上和佳人相会，眉眼传神、心迷神醉的情景，分别后深感情犹未竟，感叹万分。原题共两首，除这首七律外，还有一首七绝，中有“岂知一夜秦楼客，偷看吴王苑内花”句。由此推论，作者当在一豪华处所和一贵族佳人相会。

首联写宴会的时间、地点。从画楼、桂堂的描述看，当是十分华贵的处所。追叙头天夜里在宴会上和意中人相会的情景。首联先点出相会的时间、地点，这是必须保留在记忆中的，因为这是一次难得的会面。

颔联写两人在席间的情感交流。“虽然没有凤凰的翅膀，不能比翼双飞，但心心相印，彼此心领神会。”用生动的比喻，抒写身不向己的幽怨和心有默契的安慰，这里有现实和期望的矛盾，有酬答和情爱的交织。而这复杂难猜的情思，全被乱哄哄、闹嚷嚷的灯红酒绿世俗气氛包围着。

颈联写席间的游乐。尾联写席散以后的怅惘。颈联所描写的宴会场景和尾联所抒发的情思，形成了鲜明的反衬，更显示出爱情的高洁和环境的阻隔。

这种淹没在酬宴戏乐之中的只有两心相知的会面，

居然延续了整整一夜。直到尾联所写的“听鼓应官”“走马兰台”，方告结束。可以这样说：这是一次利用合法场合进行的长夜幽会，然而，这样的机会毕竟太难得了，地位寒微，前程未卜，再见时难，通通化作了一声叹息!这是一种反诘法。前面极言欢情，结尾时欢情化为乌有，反衬诗人对这段恋情的难以磨灭，刻骨铭心。

全诗把这种复杂微妙的心理，自然而真切地融化进情景描写之中，读来回肠荡气。

由于李诗较朦胧，各家注释不尽相同。除上说外，另一说认为，作者是在怀念远方的情人，只是时间和空间的跨度较大。首联回想“昨夜”；次联写今夕的心态，即对两地相隔而两心相连的感觉；颈联是想象远方情人的现状；尾联又回头写自己的苦闷。有虚写，有实写，属于“意识流”一类的作品。

无　　题

［唐］李商隐

相见时难别亦难，
东风无力百花残。①
春蚕到死丝方尽，
蜡炬成灰泪始干。②
晓镜但愁云鬓改，③
夜吟应觉月光寒。
蓬山此去无多路，④
青鸟殷勤为探看。⑤

【注释】

①东风无力百花残：这里指百花凋谢的暮春时节。东

风，春风。残，凋零。

②蜡炬：蜡烛。泪始干：泪，指燃烧时的蜡烛油，这里取双关义，指相思的眼泪。

③晓镜：早晨梳妆照镜子。镜，用作动词，照镜子的意思。云鬓：女子多而美的头发，这里比喻青春年华。

④蓬山：蓬莱山，传说中海上仙山，指仙境。

⑤青鸟：神话中为西王母传递音讯的信使。

【赏析】

李商隐写了许多无题诗，大都是描写男女爱情、离愁别恨。其中有一些诗，是有所寄托、有所隐喻的，但也并非全都如此。对这一首脍炙人口的爱情诗，也有人作过考证，说“蓬山”指某地、“探看”指某人，是政治上有所追求、有所失意之作，等等。这种考证，很难说是作者的本意。不论有无寄托，这都不失为情诗中的一首绝妙佳作。

这首无题诗生动传神地抒写了男女之间的离情别恨。

首联描写别离时的心境：见一次面很困难，而离别时更是难舍难分；你看那无力的春风，面对着凋零的花枝而回春无术，能不倍感凄怆？

先写离别时的难舍难分，却从相见难下笔，因为假如相逢未远，重会不难，则分别自然也无所用其“黯然销魂”了，唯其暂见之确乎不易，故而长别之尤为难也。则写相见之“难”，正加强了“别难”的分量。其写“东风无力百花残”，则不仅点

出离别的季节而且渲染了离别的悲苦情绪。

颔联进一步写爱之深，情之笃，恋之痴，思之切。人不死，心不灭。余音缭绕，感人肺腑。这一联，和杜牧的“蜡烛有心还惜别，替人垂泪到天明”句，异曲同工，均被诗家誉为千古绝唱。

颈联是以女人的口吻，抒发惜春的幽怀。“晓镜”指自己晨妆，怕的是年华早逝，青春不再（云鬓改，意即头发变白）。“夜吟”指情郎，孤自一人吟读诗书，能不寂寞？

用“春蚕”的比喻来形容缠绵不断的相思，用“蜡炬”的比拟来描写无比伤心的别恨，读来形象鲜明，感情强烈，诗味浓郁，堪称自古言情之名句。继而设想别后的境况，将因相思而容颜憔悴，处境凄凉。两句想象中的情景描写，细致入微，更增添了离别的悲愁气氛，也显示了爱情的真挚感人。

尾联写幻觉，写期盼，写祝愿。蓬山，即蓬莱山，神话传说中蓬莱、方丈、瀛洲三山为仙山。白居易《长恨歌》：“忽闻海上有仙山，山在虚无缥缈间。”这里把情人住的地方喻为仙山，而又说“无多路”，情之所至也。青鸟，神话传说中赤首黑目的神鸟，西王母养的“信使”。神鸟也来为他们服务，可见爱情之力量不一般了。

这是自我宽解，也是对前景的希冀。两人别后虽然相距不远，但再见却难，只有寄希望于渺茫的“青鸟”来互通音讯。全诗看似写得很开，从相见时难一直写到别后相思，但实际上处处扣住一个“别”字，写来情思起伏，字字从精诚流出，婉转动人。

无　　题

[唐] 李商隐

飒飒东风细雨来，
芙蓉塘外有轻雷。①
金蟾啮锁烧香入，
玉虎牵丝汲井回。②
贾氏窥帘韩掾少，
宓妃留枕魏王才。③
春心莫共花争发，
一寸相思一寸灰。④

【注释】

①芙蓉塘：即荷花塘。古代诗人多把荷塘写作男女谈情说爱之处。

②金蟾(chán)：蛤蟆。这里指蛤蟆形状的香炉。啮(niè)锁：放香料时开启香炉的鼻纽。玉虎：用玉石装饰成老虎形状的辘轳。丝：井绳。“香”和“丝”二字，谐“相思”音，隐隐道出少女的情思。

③贾氏窥帘：《世说新语》记载的一则爱情故事。晋代韩寿貌美，

大臣贾充聘他为掾(yuàn)，即幕僚。有一天，贾充的女儿在门帘后面窥见韩寿，爱上了他，进而私通。贾女把皇帝赐贾充的西域异香送给了韩寿，被贾充发觉，只好把女儿嫁他。韩掾：即韩寿。宓(fú)妃留枕：也是一则动人的爱情故事。魏东阿王曹植曾求娶甄氏为妃，曹操却把她许给曹丕。甄氏死时，留玉缕金带枕给曹植。植归国途经洛水，梦见甄氏对他说："我本托心君王，其心不遂。此枕是我在家时从嫁，前与五宫中郎将(曹丕)，今与君王……"曹植有感而作《洛神赋》。洛神乃伏羲氏之女宓妃，死于洛水。植有以托，实指甄妃。

④春心：追求爱情的心愿。

【赏析】

如何解读李商隐的无题诗，众说纷纭。议论的焦点是有无"寄托"。因为古代诗人借写男女之情隐喻政治的作品很多，李商隐也未幸免。但也有研究者认为，李商隐的无题诗写爱恋和相思的情感居多，即或有所寓托，也只能是比较抽象的感情和感慨。

这首诗，就是描写深锁幽闺的女子对爱情的热烈追求和失望的痛苦，只能是作为情诗来读。

首联以写景起兴，而化用屈原《山鬼》和司马相加《长门赋》中的词句来描绘环境气氛，既隐隐传达了生命萌动的春天气息，又带有一些凄迷黯淡的色调，烘托出女主人公春心萌动和难以名状的迷惘苦闷。

颔联兼用赋、比手法，表现女子的幽寂和相思；以终日唯添香汲水为事来表现深锁幽闺的索寞；香炉和辘轳，在诗词中也常和男女欢爱联系在一起，它们同时又是牵动女主人公相思之情的东西，这从两句分别用"香""丝"谐音"相思"可以见出。总之，这一联既表现女主人公深闭幽闺的孤寞，又暗示她内心时时被牵动的情丝。

颈联由上联的“烧香”引出贾氏窥帘而偷香，由“牵丝(思)”引出甄妃留枕以寄思，并以这两个故事来暗示女子的无限相思和反衬相思之失望，贾氏之以喜剧告终，自不必说，即使甄后之生前未能与所爱相亲，但由于两心相照，死后亦得与之在梦中相会。而自己则生前欲与之结合既已无望，死后在梦中相会亦属渺茫，更见出其悲苦之深。这两个爱情故事，尽管结局有幸有不幸，但在女主人公的意念中，无论是贾氏窥帘，爱韩寿之少俊，还是甄妃情深，慕曹植之才华，都反映出青年女子追求爱情的愿望之强烈、奔放。

尾联则直写这位深锁幽闺、渴望爱情的少女相思无望的痛苦呼喊。诗人把“春心”与“花争发”联系起来，则不仅赋予“春心”以美好的形象，而且显示了它的必然性，然而一个“莫”字却突出了本能欲发而又勉强抑制的郁结。“相思”本是抽象的概念，诗人由香销成灰联想出“一寸相思一寸灰”的奇句，化抽象为具象，用强烈对照的方式显示了美好事物之毁灭，使这首诗具有一种动人心弦的悲剧美。

这首诗综合运用了兴、比、赋等艺术手法，写得非常含蓄深远，具有一种动人心弦的美。李商隐写得最好的爱情诗，几乎全是写失意的爱情。而这种失意的爱情中又常常融入自己的某些身世之感。在相思成灰的爱情感慨中也可窥见他仕途失意的不幸遭际。

夜雨寄北

[唐] 李商隐

君问归期未有期，①
巴山夜雨涨秋池。②
何当共剪西窗烛，③
却话巴山夜雨时。④

【注释】

①君：对对方的尊称，等于现代汉语中的“您”。

②巴山：指大巴山，在陕西南部和四川东北交界处。这里泛指巴蜀一带。

③何当：何时能够。

④却话：回头说，追述。

【赏析】

《万首唐人绝句》收入此诗时，题作《夜雨寄内》。寄内即寄给妻子，因收入情诗一类。但有人考证，写此诗时作者的妻子王氏已经去世。故现传诸版本均题作“寄北”。“北”指长安。当时作者在四川梓州柳仲郢幕，位于长安之南。

这首七绝从答问写起。妻问归期，包含着盼夫归来的怀念之情，夫答未有期，透露出有家难归的羁旅之愁。巴山夜雨，秋池涨满，既解释了归期未定的原因，又渲染了孤凄寂寞的客

怀愁绪，自然地把羁旅之愁、难归之苦，也许还包含宦途坎坷的难言之隐，都与秋夜的连绵之雨交织在一起。第三句突然宕开，幻化出来日欢会，共剪西窗之烛的情景，突破了孤旅愁雨的凄苦气氛。这一真切的热望，蕴有丰富的怀思和动人的情意。最后以将来之词仍叙眼前之情景。在短短二十八字之中，两次出现“巴山夜雨”，一为客中实景，一为归后谈叙，可见此情此景，非同一般，不独现在孤旅之中要寄言亲爱之人，而到将来团聚之时还要当面细细叙说回味。可见这“巴山夜雨”四字中寄托着诗人的千万种一时叙说不清的情意。整首诗是一幅立体的画，一首繁响的曲，巴山夜雨，西窗剪烛，眼前之景，将来之情，空间的回环，时间的飞渡，交织融合在一起，构成一个韵味无穷的意境，产生感人至深的力量。

这首诗构思新巧，跌宕有致，言浅意深，语短情长，具有含蓄的力量，千百年来吸引着无数读者，令人百读不厌。

赠　远

［唐］薛　涛

芙蓉新落蜀山秋，①
锦字开缄到是愁。②
闺阁不知戎马事，③
月高还上望夫楼。④

【注释】

①芙蓉新落：荷花刚谢，夏去秋来。

②锦字：织在丝织品上的字，一般喻指妻子写给丈夫的情书，《晋书·窦滔妻苏氏传》："(滔)被徙流沙，苏氏思之，织锦回文《璇玑图》诗以赠滔，婉转循环以读之，词甚凄婉。"骆宾王《代郭氏答卢照邻诗》："锦字回文欲赠君，剑壁层峰自虬纷。"间或也泛指女性的书信。晏几道《满庭芳》："别来久，浅情未有，锦字系征鸿。"缄(jiān)：封口，也指书信。白居易《初与元九别后忽梦见之》："开缄见手扎，一纸十三行。"

③闺阁：妇女的闺房，这里指作者自己。戎马事：军中事务。

④望夫楼：古代文学作品中多以望夫山、望夫台、望夫楼等写妻子盼望丈夫归来的地方。这里薛涛已把她和元稹视为夫妻关系，说明感情之深厚。

【赏析】

薛涛和元稹有过一段恋情。元和五年（810年），元稹罪贬江陵士曹参军，薛涛寄诗相赠，抒发思恋之情。原诗二首，这里选了其中一首。

薛涛是个有血有肉，更有着细腻情感的女人，她深切渴望真正属于自己的那一份爱情。然而身世飘零，每日里迎张送魏，繁华的后面掩藏着她感情世界的空白。她甚至幻想着自己拥有一个牵肠挂心的情郎，只因战乱而天各一方，情郎出征未归，自己则独守空闺等待着他的蓦然归来。

这首七绝描写闺妇思念征夫。初秋时候，闺中的思妇向边关的丈夫寄去了表达愁思的书信，说自己深居闺阁，不了解边关前线的仗打得怎么样了，月亮升得老高还登楼盼望丈夫征罢归来。诗中包含着对战事的关注，对结束战争而使征人早日归家团聚的愿望，同时也表现了闺妇为投身战事的丈夫担忧、思念之情。

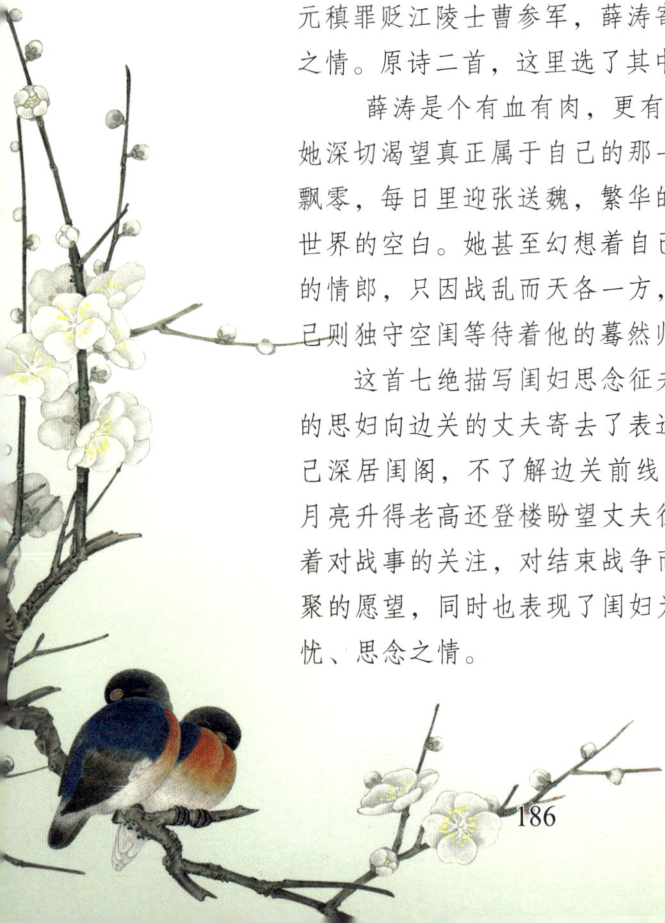

江南愁望寄子安

[唐] 鱼玄机

枫叶千枝复万枝，
江桥掩映暮帆迟。①
忆君心似西江水，
日夜东流无歇时。②

【注释】

①枫叶满枝，暮霭沉沉，伫立桥头的少妇，用希望而又失望的眼神，眺望着远处缓缓而来的帆影。

②她那起伏的心胸，分明像荡漾的水波，川流不止。最后两句比兴妙笔，化自徐干的《室思诗》："思君如流水，何有容已时。"（见本辑李康成《自君之出矣》注释）

【赏析】

鱼玄机，晚唐著名的女诗人，与中唐女诗人李冶一样，也是很有才华的、富有浪漫色彩的女道士，而且最终也是被处死了的。这首诗写于她去长安咸宜观出家之前。子安，即李亿，字子安，鱼玄机当时的丈夫。这首诗用白描的手法，绘出了一幅静中有动、韵味无穷的江帆仕女图。

女诗人在这首诗中表达了一种无尽的愁思和对爱人的深切怀念。前两句所描写的枫叶、江桥、暮帆等景色不免灰暗沉重，给人以郁闷之感，不过这倒和题“愁望”之意相契合。后两句转而直接抒情，“忆君心似西江水，日夜东流无歇时”。从感情上看，虽然仍不离愁思，但这愁思已经由郁而变得浩茫，由闷而变得悠长，看来是女诗人在经历了内心的痛苦矛盾之后，终于形成了一种明确而又坚定的感情，如浩浩江水，奔涌而出。

寄　夫

[唐] 陈玉兰

夫戍边关妾在吴，①
西风吹妾妾忧夫。
一行书信千行泪，
寒到君边衣到无？

【注释】

①吴：古吴属地，在今苏皖一带。

【赏析】

陈玉兰是诗人王驾的妻子。《全唐诗》录她这唯一的一首诗，用语淡雅，含情深挚，句法严整，韵调幽美，很有特色。

这首七绝通过给戍边的丈夫寄征衣的描写，抒发对丈夫的思念关怀之情。

首句交代丈夫远戍，人分两地，诗句已露思怀的痛苦。故而西风一吹到自己身上，马上担忧起远戍的丈夫来，可见情意相连，

冷暖相关。前两句把远隔天涯的一对伴侣放在一起对照写，大大缩短了空间距离，果真是万里情牵。

后两句由担忧而立即变为寄衣赠书的行动，又见其情之殷切。“一行书信千行泪”，通过“一行”与“千行”的强烈对比，写出纸短情长，把平日的思念、寄衣的深情，全都付之其中。寄衣是为丈夫御寒，又恐衣未到而寒已先到，感情细腻，关怀深切，全从肺腑中自然流出。

全诗层层递进，把夫妻间的情与爱，体贴与关怀，全浓缩在四句诗中，同一种句式反复运用，在运用中又略有变化，构成了回环往复、一唱三叹的语气。声调对于诗歌，比较其他体裁的文学作品具有更大意义。所谓“情动于中而形于言，言之不足故嗟叹之，嗟叹之不足故永歌之”，“嗟叹”“永歌”都是指用声调增加诗歌的感染力。诗多咏诵几遍，就不难领悟这种一唱三叹的语气在此诗表情上的作用了。

此诗音韵美的另一特点是句中运用复字。近体诗一般是要避免字词的重复。但是，有意识地运用复字，有时能使诗句念起来朗朗上口、动人心弦，造成音乐的美感。如此诗后三句均有复字，而在运用中又有适当变化。第二句两个“妾”字接连出现，前一个“妾”字是第一层意思的结尾，后一个“妾”字则是第二层意思的起始。在全句中，它们是重复，但对相连的两层意思而言，它们又形成“顶针”修辞格，念起来顺溜，有“累累如贯珠”之感，这使那具有跳跃性的前后两层意思通过和谐的音调过渡得十分自然。

怀　良　人

[唐] 葛鸦儿

蓬鬓荆钗世所稀，①
布裙犹是嫁时衣。②
胡麻好种无人种，③
正是归时底不归？④

【注释】

①蓬鬓荆钗：蓬乱的头发上插的是荆条枝做的钗子。

②嫁时衣：出嫁时做的衣裙。

③胡麻：即油用亚麻，俗称芝麻。春种秋收的一年生草本。好种：适于下种的季节。据民间传说，种芝麻须夫妻一起播种，才能获双倍丰收。

④正是归时：(不论夫妻团聚，还是播种胡麻，都是)应该回家的时候了。底：何、什么。杜甫《可惜》："花飞有底急，老去愿春迟。"此处"底"作为什么解。底不归：即为什么不回来。

【赏析】

葛鸦儿，唐代一位女诗人，生平事迹已不可考。这首诗写一个农妇对丈夫（良人：古代妇女对自己丈夫的称呼。）的思恋，刻画农村生活气息和农家女对爱情的追求细腻入微。

第一句："满头的秀发如今乱如飞蓬，买不起首饰，只好

自己用荆条折成了发钗别在头上，像这样的贫穷人家，世上真是少有的啊！”这句既是说她生活的艰苦，也隐含丈夫不在身边，无心梳妆打扮的意思。这儿不仅是人物外貌的勾勒，字里行间还可看出一部夫妇离散的辛酸史。

第二句：“连一件像样的衣裙都没有，还穿着出嫁时娘家陪送的布裙，而今那样的衣装已经没有人再穿了。”和上句一样，既反映她生活朴实，也隐含对丈夫、对新婚的甜蜜生活的怀念。

第三句：“已经到了春耕的时候，该播种芝麻了，然而丈夫在外，谁来和我一起播种呢？”

第四句：“按说现在已到了丈夫回家的时候了，为什么还不见回来呢？”

此诗末二句兼有赋兴和传说的运用，含义丰富，很好表达了女子“怀良人”的真纯情意。用“胡麻”入诗，这来自劳动生活的新鲜活泼的形象和语言，也使全诗生色，显得别致。

《夷白斋诗话》说：“南方谚语有‘长老（即僧侣）种芝麻，未见得’。余不解其意，偶阅唐诗，始悟斯言，其来远矣。胡麻即今芝麻也，种时必夫妇两手同种，其麻倍收。长老，言僧也，必无可得之理。故云。”原来芝麻结籽的多少，与种时是否夫妇合作大有关系。以此托意，简直是言在此而意在彼，这里有哀怨，有企盼，情思婉转而真切，颇具感人的力量。另外，如果将三、四句的这种情形，和中唐以后战乱频繁、破坏生产、民不聊生的社会现实联系起来，这首诗的意义又超越了一般的怀人之作。

送　　人

[唐] 徐月英

惆怅人间万事违，①
两人同去一人归。
生憎平望亭前水，
忍照鸳鸯相背飞。②

【注释】

①万事违：什么事都不顺心。

②生：甚、最。晏几道《木兰花》：“生憎繁杏绿阴时，正碍粉墙偷眼觑。”平望：地名，吴江上的一处驿亭，送别之人在此上船。鸳鸯：指情侣。相背飞：各分西东，意即分离。

【赏析】

徐月英，晚唐五代江淮名妓，生卒年不详，工于诗，有诗集传于当时，今佚，现仅存七言绝句两首，外加断句一联。所谓断句即：“枕前泪与阶前雨，隔个窗儿滴到明。”后被宋代女词人聂胜琼借去，凑成了一首《鹧鸪天》。

《舌华录》中载有故事：徐月英，唐江淮间名娼也。有徐公子者，宠一营妓，死而焚之。月英送葬，谓徐曰：

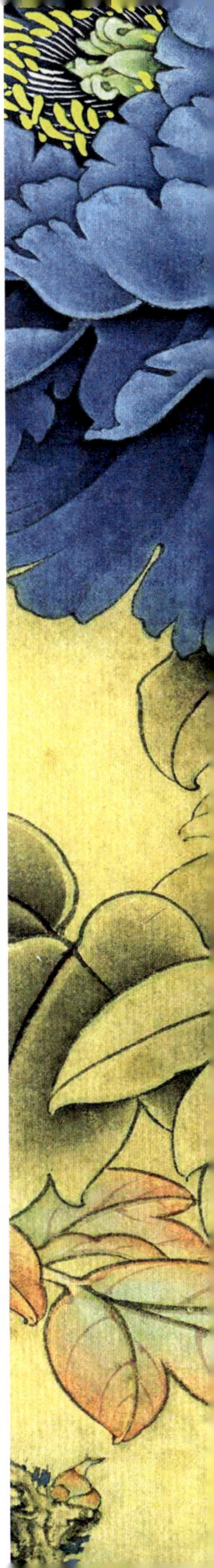

“此娘平生风流，殇犹带焰。”

《全唐诗》存其诗二首，一首《叙怀》，是被压迫、被蹂躏的妇女对吃人社会的控诉。再就是这首《送人》，用平易的语言，诉说对爱情的追求和怅惘。

这首七绝看来是作者送情人飘海离去以后归来时作的。

诗的首句点题：“惆怅人间万事违。”为什么呢？下面三句都是对于首句的回答。平望亭是吴江上的驿亭，送人登船都在这个驿亭，因此她“憎”这个亭前的“水”，因为是它“照”得“鸳鸯相背飞”。作者用拟人化的手法，将行人与送行人告别相背而行形象化了。“鸳鸯相背飞”也就是“两人同去一人归”。

一个风尘女子，找一个可以终身依托的心上人是很不容易的，好不容易找到了，又要分离，为什么人世间就没有顺心的事呢？“两人同去一人归”，明白写来，不加藻饰，却从“去”“归”的对比中溢示山无限孤独寂寞的惆怅之情，因而感叹人间万事不从人意。作者也许还登上平望亭去眺望海上的孤帆远影，更是悲从中来。最恨平望亭下的流水，忍心看见亲密的情侣两地分飞。悲极而恨，无处发泄，于是拿海水出气，“生憎平望亭前水，忍照鸳鸯相背飞”，明明是人间离恨，却恨及海水。看似违背情理，其实正是从这异乎常情常理的描写之中，映衬出作者心中诉说无门的离恨和深情。

全诗语言清奇新颖，促缓有致，得之于自然，又大有神韵。

春　思

[唐] 张窈窕

门前桃柳烂春辉，
闭妾深闺绣舞衣。①
双燕不知肠欲断，
衔泥故故傍人飞。②

【注释】

①烂：灿烂。妾：古代妇女对自己的称谓。

②故故：故意、特意。柳永《望远行》："待伊游冶归来，故故解放翠羽，轻裙重系。"

【赏析】

这首诗的意境和白居易、刘禹锡的《春词》基本相同。作者是唐代一位女诗人，生平事迹不详，仅存诗六首。这里选的这一首诗描写春闺之怨，立意清新。

前两句的大意是：春天的气息已经很浓了，可怜的少女只

能关在闺房里做针线活。

后两句是说：檐下的一对燕子不理解女主人痛苦的心情，还故意绕着她飞来飞去。以“双燕”衬托闺中少女的孤寂，意在言外。

这首七绝写闺中女子的春怨，写春光灿烂，而女子却关闭在深闺之中做着单调的刺绣活计。这是以撩人的春色反衬深闺的冷清。

燕子双双故意在人眼前飞来飞去，衔泥筑窝，进一步对比出闺中女子的寂寞孤单。她既不能到自然中去饱览春色，又不能像燕子那样成双结对建设家庭，这就难怪她愁肠欲断了。而且，这里用“双燕”作为对比，正点明了使她怀思而至于肠断的乃是缺乏美好的爱情生活。

这首诗用反衬、对比的手法，把女子的怀春心理和愁怨情绪写得含蓄而有韵味。

春　怨

[唐] 金昌绪

打起①黄莺儿，莫教②枝上啼。

啼时惊妾梦，不得到辽西。③

【注释】

①打起：打得飞走。

②莫教：不让。

③辽西：大约指唐代辽河以西营州、燕州一带地方。即今辽宁省锦州、朝阳至北京市东北怀柔、顺义一带，隋代因秦汉旧名曾于此地置辽西郡，寄治于营州，唐初改曰燕州，州治在辽西县。

【赏析】

这一首广为传诵的五言绝句，以其独特的表现手法，创造了不同寻常的艺术形象。作者写的是春怨，但又不从“怨”字落笔，而是捕捉了一个喜剧镜头，把女主人公的“怨”融解在她的痴情、她的天真、她的纯厚的性格中，短短二十个字，言简意赅，余味无穷。

在大量怀念征夫的古诗中，这是脍炙人口的一首，这是因为它在艺术构思上，确有其出人意表之奇。首句犹如危峰突起，人们不禁会问，枝头黄莺，干君何事，而闺中少妇，竟然要

"打起黄莺儿"来呢？次句答道："莫教枝上啼"也。然而，黄莺鸣春，正堪悦耳，闺中少妇又何以必欲"莫教啼"呢？这就更使人茫然不解了。于是，第三句申明：为的是"啼时惊妾梦"耳！然而，黄莺啼晓，本当天明梦醒之时，闺中少妇，又何以怕其惊梦呢？于是，最后一句又作解说：主人怕惊破的不是一般的梦，而是去辽西的梦，是唯恐莺声一惊，梦中"不得到辽西"去也！写诗至此，竟戛然而止。至于这位闺中少妇何以要做去辽西的梦，去辽西的梦又何以会使她如此依恋等等疑问，诗人竟不再答复，而留待读者自己去思索了。黄叔灿在《唐诗笺注》中说："忆辽西而怨思无邪，闻莺语而迁怒相惊，天然白描文笔，无可易一字。"甚是。

辽西为什么是女主人梦中想去之地？幸而，个中消息，还是不难寻绎的。原来，这位闺中少妇是由于丈夫远戍，徒有思念，欲得团聚，唯在梦中。然而，好梦被爱唱歌的黄莺儿惊醒了，这就难怪她要迁怨于黄莺。既要再做春梦，就非得把树上的黄莺赶跑，免得它再来捣乱不可！至此，才恍然而悟，她所"怨"的，难道仅仅是这只小小的黄莺吗？

这首诗通过这样一段情景相生的生动描写，来表现少妇对征夫的思念。全诗一气呵成，圆紧无缝，层层倒叙，余味无穷。

春 女 怨

[唐] 朱 绛

独坐纱窗刺绣迟，①
紫荆花②下啭黄鹂。③
欲知无限伤春意，
尽在停针不语时。

【注释】

①迟：迟疑，意为缓慢。

②紫荆花：种在庭院中的一种观赏植物。黄鹂：即黄莺，也叫鸧鹒或黄鸟。叫的声音很好听。

【赏析】

一个刺绣的青年女子独坐在纱窗眼前，可是她停针不绣，默默不语，只是呆呆地看着窗外。窗外，紫荆繁花满树，花下黄鹂鸣啭。那艳丽的紫荆花，悦耳的鸟鸣声，透露着春天的生机，呼唤着美好的感情。

然而，这一切给姑娘带来的不是喜悦和欢乐，而是“无限伤春意”。她是在感伤自然界春天的消逝吗？不是。因为自然界春色正浓。这“伤春意”，显然是指她为自己的虚度青春而黯然伤情。看来，这位善于绣出春色的巧手姑娘在爱情上并不美满，因而美好的春光只能勾起她无处诉说的青春将逝的孤凄

和愁苦了！

《唐诗选脉会通评林》何仲德曰：写出情感。徐充曰：情而不说破，为有含蓄。甚妙。鸟啭花枝，正春意动人之天。“停针”，所以“刺绣迟”也；“停针不语”，此时不知几许伤感、几许想念、几许怨悼矣，故曰“无限”；用“尽在”二字，正见默默思维，深于言说。

寄　人

[唐] 张　泌

别梦依依到谢家，
小廊回合曲阑斜。①
多情只有春庭月，
犹为离人照落花。②

【注释】

①谢家：泛指闺中女子。晋谢奕之女谢道韫、唐李德裕之妾谢秋娘等皆有盛名，故后人多以“谢家”代闺中女子。温庭筠《更漏子》：“香雾薄，透帘幕，惆怅谢家池阁。”回合：回环、回绕。阑：栏杆。

②离人：这里指寻梦人。

【赏析】

据《词坛记事》：“张泌仕南唐为内史舍人，初与邻女浣衣相善……后经年不复相见，张夜梦之，写绝句云云。”

以诗代柬，来表达自己心里要说的话，这是古代常有的事。这首题为“寄人”的诗，就是用来代替一封信的。

这首七绝怀念旧日的情人，前两句写梦回情人家的所见。相思而成梦，依恋不舍地、不由自主地来到当初相爱过的女子家中，依然是环绕的小廊，曲折的栏杆，对这当年游过的、两人曾经在此谈心定情的地方，一切早熟悉而分明的。但是旧日女子没有出现在梦中，已经出嫁走了。景物如前，情人不见，所谓物是人非，这梦自然是空的，所思也成了徒劳。

后两句写梦醒后的惆怅。连梦中也不可见，这孤独的痛苦也只有自知了。由此而感叹世事之无情，多情的只有照在春天庭院里的月亮，似乎只有它还能同情自己，陪伴自己，同时照着落花，自然也是理解自己像落花一样凋残的爱情了。“多情”“离人”都是自况之词。“春庭月”“照落花”是满腹哀愁中的所见、所感，笔意含蓄而委婉，动人心弦。

这样看来，全诗虽然分写梦中和梦后的情景，但都是抒写对已经离去而且难以再见之情人的思念。这种思念之情含有感伤和怨恨：感伤自己孤独的相思之情无人理解，怨恨世上之人（当然也包括所思之人）的无情。

这首诗创造的艺术形象，鲜明准确，而又含蓄深厚。诗人善于通过富有典型意义的景物描写，来表达自己深沉曲折的思想感情，运用得十分成功。他只写小廊曲阑、庭前花月，不需要更多语言，却比作者自己直接诉说心头的千言万语更有动人心弦的力量。

宋

“才子佳人，琴瑟和鸣。”

寓　　意

［宋］晏　殊

油壁香车不再逢，
峡云无迹往西东。①
梨花院落溶溶月，
柳絮池塘淡淡风。②
几日寂寥伤酒后，
一番萧瑟禁烟中。③
鱼书欲寄何由达，
水远山长处处同。④

【注释】

①油壁香车：古代妇女乘坐的华丽的轻便车，这里代指情人。苏小小《西陵歌》："妾乘油壁车，郎骑青骢马。"峡云：巫峡之云，即"巫山云雨"的变异。在另一首诗中，作者曾把楚怀王梦会巫山神女缩为"楚梦"，也是喻指情人。

②溶溶：形容月光清凉如水。

③禁烟：古时清明节前两天禁止烧火，谓之寒食，

亦叫禁烟日。酒后寂寥，清明萧瑟，形容伤春之情。

④水远山长：形容天各一方，重重阻隔。

【赏析】

这是一首情歌。诗人与情人由于某种原因被迫分离，留下了无穷无尽的相思。面对寒食春景，他思绪起伏，写了这首感叹诗。

这首七律抒写与所思女了一度相会之后无由再会之苦。诗中所思女子很难说出是何许人也，只知道她乘了“油壁香车”去的，而且从此以后音迹杳渺，确乎像个巫峡神女，这就增加了几分神秘的色彩。但从思怀者的深情思念来看，大概是很值得相恋的女性。在月色溶溶、梨花满树的院落里，在轻风淡淡、柳絮飘飞的池塘边，想必是当初情人相会的场所。而今景物依然而伊人不在，触景伤情，自然引出一番孤寂惆怅。接着写“伤酒后”的寂寥，“禁烟中”的萧索，则更是无限情思在时间上的延续。相见无由而思欲托之于书信，但一想“峡云无迹”“水远山长”，又怎么能达到呢？真是绝望了。

全诗以“不再逢”三字为线索，叙写情人阻隔而无由再会的悲苦，可谓含蓄而深沉。但跟那些带有民间情歌风味的情诗不同，而是具有士大夫高雅、清淡的旨趣。

这首诗在风格上学李商隐的无题诗，运用含蓄的手法，表现自己伤别的哀思。诗在表现上，则将思想藏在诗的深处，通过景语来表达。然后在景语中注入强烈的主观色彩，这样，诗便显得幽迷怨旷。与李商隐诗风不同的是，晏殊这首诗清而不丽，也没有堆砌典故，所以呈现出一派淡雅与疏宕。

悼　亡

[宋] 梅尧臣

结发为夫妇，于今十七年。①
相看犹不足，何况是长捐。②
我鬓③已多白，此身宁久全？
终当与同穴，④未死泪涟涟。

【注释】

①十七年：梅尧臣与其夫人谢氏于天圣六年（1028 年）结婚，至庆历四年（1044 年）妻子去世，一共十七年。

②捐：抛弃，舍弃，丢弃。长捐：这里指永远失去。

③鬓：本指耳边的头发，这里代指头发。

④同穴：同葬、合葬。

【赏析】

宋仁宗天圣六年（1028 年），梅尧臣与谢绛妹结婚。庆历四年（1044 年），尧臣乘船返汴京路经高邮，谢氏死于船中。因贫不能归葬，乃葬于润州（今江苏镇江）。尧臣哀而作悼亡诗三首。这里选的是其中的第一首。

这首悼亡诗用明白如话的句子写出夫妻相处十七年，两情深厚，相看不厌。现在妻已长逝，我也不会在世太久，死后固然可以同穴，但目前还留我在世，不禁泪水涟涟了。全诗无一比兴，叙写似十分平淡，但于平淡中含有深切悲痛之情。梅诗善以最朴素的字句写出最深厚的感情，其动人之处正在于此。所谓“作诗无古今，欲造平淡难”。

哀婉诗要求率直，于平淡中见真情。梅尧臣的悼亡诗，以质朴见长，曲折而凄婉地表达了自己的情感，语言平淡，情真意切，把内容和形式完美的统一起来，富有很强的感染力，可谓是言情诗的杰作。

君难托

[宋] 王安石

槿花朝开暮还坠，
妾身与花宁独异？①
忆昔相逢俱少年，
两情未许谁为先。②
感君绸缪逐君去，
成君家计良辛苦。③

人事反复那能知，
谗言入耳须臾离。④
嫁时罗衣羞更着，
如今始悟君难托。⑤
君难托，
妾亦不忘旧时约。⑥

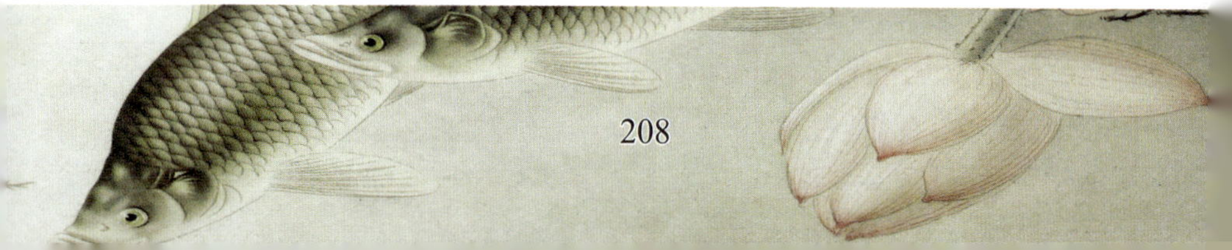

【注释】

①槿花：即木槿花，早上开放，晚上就凋谢了。宁独异：难道(和槿花)有什么不同？

②昔：过去，从前。俱：都是。

③绸缪：形容情真意切，情意缠绵。

④人事：人情世故。这里指夫妻关系。反复：事情变化多端。须臾：片刻，一会儿。离：抛弃，丢弃。

⑤悟：醒悟，明白过来。难托：难以相信、难以依托。

⑥旧时约：过去的誓言、盟约。

【赏析】

《君难托》是宋代王安石所作的一首怨妇诗，通过一个弃妇的自白，刻画出一个多情善良的女子，在被弃后仍然不忘旧情；对比之下，男子的变心就显得更加残忍无情，包含了对那些任意摧残妇女的负心男子的谴责。

这首诗，写被遗弃的妇女的悲痛，但对遗弃她的丈夫，却仍念念不忘。虽然她已觉得他是个不可靠的人，但还“不忘旧时约”。当时王安石变法受阻，渐不为宋神宗重视，因而自请罢相，隐退金陵。因此有人认为，这首诗有可能是以弃妇自况。

全诗从比兴开始，以叙述展开，情意深厚婉曲；同时运用前后对比手法，对照强烈；诗的语言质朴，颇具民歌特色，值得吟味。

这首诗起首以木槿花朝开暮坠来比喻自己须臾之间被丈夫遗弃。接着，回忆少年相逢的初恋，双方争相许情，婚后为丈夫的家计辛苦操劳。然后再写人事突然反复，不料丈夫听信谗言，顷刻之间便把自己离弃了。这一沉重的打击终于使自己消醒过来，原来丈夫这个人靠不住，是难以终身相托的。最后表示，纵使丈夫弃情背信，但自己还是信守旧时之约，忠诚如初。让人知道是人负我，而不是我负人！诗中所流露的被遗弃的痛苦、怨恨之情十分强烈。

全诗写出了封建时代的妇女爱情生活毫无保障，像朝开暮谢的木槿花那样，随时会遭到摧折，反映了妇女深受迫害和凌辱，同时，对那些负心汉也表示了鄙视的态度。

沈园二首

［宋］陆　游

城上斜阳画角①哀，
沈园非复旧池台。
伤心桥下春波绿，
曾是惊鸿②照影来。

梦断香消四十年，
沈园柳老不吹绵。③
此身行作稽山④土，
犹吊遗踪一泫然。⑤

【注释】

①画角：古代军营以牛角为号，称号角，上面绘有花纹，称画角。

②惊鸿：体态轻盈的美人。典出曹植《洛神赋》："翩若惊鸿。"此处指唐琬。

③柳老不吹绵：柳树老了，连柳絮也没有了。

④稽山：即会稽山，在浙江绍兴。沈园也在绍兴。

⑤泫然：流泪的样子。

【赏析】

《沈园二首》是宋代诗人陆游的组诗作品。陆游前妻唐琬死后四十年，陆游重游沈园（时年已七十五岁），触景生情，再次含泪题写了这组诗。

这两首七绝呈现在读者面前的是这样一幅图景：在斜阳余晖影里，在画角呜咽声中，年逾古稀的老诗人，拄杖流连荒园废亭，他在这里凭吊遗踪。四十年前，他和自己的前妻，在这里有过一次不期而遇的伤心会见。当时，亭台池阁映着桃树落花，杨柳飞絮。记得她还从桥上移步过来，桥下的春水中映着她的倩影。然而，这一切都成了遥远的过去，梦断香消，伊人不在了，沈园也已面目全非。只有这不绝的哀思，是时间所割不断的。情深如此，终身不衰。

第一首诗写触景生情之悲。首句写斜阳黯淡，画角哀鸣，是通过写景渲染悲凉的气氛。后三句写物是人非之悲，用反衬手法。

第二首诗写诗人情感的专一，也用反衬手法：以草木无情反衬人物的深情。全诗体现了诗人忠实、笃厚、纯洁、坚贞的品格。

两首诗作相得益彰，写得深沉哀婉，含蓄蕴藉。

送　　外

[宋] 谢　氏

此去唯宜早早还，
休教重起望夫山。①
君看湘水祠前竹，
不是男儿泪染斑。②

【注释】

①望夫山：古代传说，有一个妇女因丈夫久出不归，每天站立山头眺望，最后变成了石头。类似的传说不少，有的叫望夫山，有的叫望夫石。许多诗人也曾以此为题材，歌颂妇女对爱情的忠贞。

②湘水祠前竹：湘水，即湘江。湘水祠是为祭祀娥皇、女英所立的祠堂。祠前竹，即湘妃竹，又称斑竹。这是一个很古老、很动人的故事，《水经注》《山海经》等古籍中都有记载，千百年流传不衰。说的是舜南巡时死于苍梧之野，娥皇、女英二妃赶去奔丧，悲痛欲绝，她们的泪珠洒在竹林上，竹子都染上了斑斑点点的泪痕。不幸她们又遇见风浪，溺死在湘江中，成了湘水之神。

【赏析】

作者是宋人谢郎中之女、王元甫之妻。从小习诗书，能吟咏。这是她在丈夫调官京师时写的送别诗。

这首送别丈夫之作，实际上是临别时对丈夫的一番嘱咐和

表白。

首句是直白地嘱咐：此去一定要早早回来，次句用“望夫山”的典故表达别后的思念。这两句虽然都是嘱咐，但首句正面建议，次句则反面告诫；首句从丈夫方面写入，次句从自己的方面写出夫的去还决定着自己的悲喜，可见嘱咐之中蕴含深情。

三、四句用“斑竹”的传说，来比喻自己对丈夫真挚的思念之情。然而，这一典故的运用可谓别出心裁，作者从竹上的泪斑不是来自男儿而是来自女子这一点出发，表明自己有着比丈夫更多的思念。同时，又隐喻着万一丈夫久游不归，她将效法舜之二妃泪染翠竹，那将是怎样的悲剧啊！

全诗旨在嘱夫早归，而离别的愁绪、别后的思念，尽在其中。

元　　夜

[宋] 朱淑真

火树银花触目红，
揭天鼓吹闹春风。①
新欢入手愁忙里，
旧事惊心忆梦中。②
但愿暂成人缱绻，
不妨常任月朦胧。③
赏灯那得工夫醉？
未必明年此会同。

【注释】

①火树银花、揭天鼓吹：都是元宵灯节的盛况。

②新欢：指新结识的情郎。旧事：痛苦的往事。

③缱绻：情意缠绵，难舍难分。

【赏析】

这首诗描写一个曾经有过失恋痛苦的妇女和新结识的情人幽会时的心态。

在繁华的街市上，千百棵火树彩灯灿烂，如银花开放，耀人眼目；春风中闹嚷嚷地传来锣鼓唢呐之声，真像要把天地掀翻了。这确乎是一个“花市灯如昼”的元宵之夜。经过一番担惊受怕，终于得到了这样一个忙里偷闲、闹中处静的约会时机。这就难怪诗人对这次约会十分珍惜了。诗人甚至认为，只要能在这短暂的相会中互相交流缠绵的情意，那么平日里长期对着淡暗的月光痛苦相思也不妨听凭自然了，正因如此，哪还有工夫去赏灯陶醉！须知这样的会见是多么难得，明年元夜未必再有了。

将全诗融贯起来看，诗的主旨显然是在抒写对这约会的珍惜之情，自然也是对情人的真挚爱情的流露。诗人把赏灯和约会两者联系起来描写，用意是十分明显的。灯会热闹诱人，却无心陶醉，这就更衬托出约会之珍贵，情意之缱绻。而旧事惊心、平日思念、再会难期等愁绪也不难从中看出。

感　怀

[宋] 黄氏女

阑干①闲倚日偏长，
短笛无情苦断肠。
安得身轻如燕子，
随风容易到君旁。

【注释】

①阑干：又作“栏杆”，用竹、木、砖石或金属等构制而成，设于亭台楼阁或路边、水边等处作遮拦用。

【赏析】

宋嘉熙年间，少年潘用中随父寓居京都。潘喜吹箫，隔壁黄氏女闻而悦之，萌发了爱慕之心。二人暗中互相赠诗传情，终结良缘。这是黄氏女写的求爱诗的其中一首，用极朴实的语言，表达了极丰富的感情。

这首七绝是女诗人向所思之人表达爱情之作。前两句叙写寂寞相思之苦：她独自凭栏想望所思之人，倾听着他吹奏的笛声，细细品味着笛声中是否对自己含有深情。正由于相思之深，反疑笛声之无情，于是引起了极度的痛苦。在这里，“闲倚”，见出她无聊的姿态；“日偏长”，见出她无聊的心绪。而这种无聊，都从寂寞相思而来。后两句是在叙写寂寞相思之后，发挥

了奇妙的想象，希望自己变作轻巧的燕子，自由地飞落到意中人的身旁，以此来表达心中深切的思恋之情。全诗把现实中的相思之苦与想象中自由相会结合在一起，表达了对于美好爱情的热烈追求。

答　外

［宋］郭晖妻

碧纱窗下启缄封，①
尺纸从头彻尾空。②
应是仙郎怀别恨，③
忆人全在不言中。④

【注释】

①启缄封：拆信。缄，本义即为封口，代指书信。

②尺纸：信笺。古时写信用绢帛，通常长一尺，故称尺素；后用纸写信，乃称尺书。

③仙郎：指丈夫，称之为“仙”，颇有戏谑味。怀别恨：心中装满了离愁别恨。

④“忆人”句：对心上人的怀念，不需言语即已表达了。

【赏析】

据叶梦得《岩下放言》载：士人郭晖寄信给妻子，误封了一张白纸寄去，妻子收到后，没有任何责怪，反而写了这首诗，主动为之解嘲。

这是一首借题发挥的情诗。将白纸当信寄给妻子，丈夫未必有意，而妻子痴情认真，尽往多情处思寻其意，这便煞有介事。所妙者，这位妻子一往情深，才思敏捷，于一张白纸之中居然为丈夫发挥出如许深情来！

一、二句写妻子读信情景。碧纱窗下开缄读信，表达了她收到丈夫信后的那种抑制不住的激动心情。迫不及待地想打开看看里面的内容。可是，拆开信封一看，“尺纸从头彻尾空”。寄来的竟然是一张白纸。怎么回事呀？是丈夫与她开玩笑，是丈夫粗心，还是别有他意？收信人不能不作出种种猜测。

愣怔之后，豁然大悟，跳出三、四两句想象发挥的诗来：“应是仙郎怀别恨，忆人全在不言中。”这两句便是她收到此信后的想法。她认为，丈夫寄来一张白纸，正是寄托了他心中不一般的离愁别恨，正表达了他对自己的深深思念。真是“此时无声胜有声”，纸上虽无一字，所含情意却极为深长。

看来是妻子自己常有这样的体会：由于离别相思之情婉转莫名，难以用语言表达，于是推己及人，坚信丈夫亦然。所以，这两句诗表面是解释丈夫白纸相寄之意，其实是表达了自己对丈夫的深情和信赖。

元 明 清

“礼教约束，哀怨惆怅。”

闺　　怨

[明] 周　在

江南二月试罗衣，
春尽燕山①雪尚飞。
应是子规②啼不到，
故乡虽好不思归。

【注释】

①燕山：指古燕国，即今北京一带。

②子规：杜鹃，又称杜宇。古有“杜宇啼血”一说，杜宇传为蜀国国王，后归隐，让位于其相开明。时值二月，子鹃啼，蜀人怀之，因呼子鹃为杜鹃或杜宇。鹃啼声凄苦，有似“不如归去”，许多诗人都把它引喻为乡思。

【赏析】

这首诗写的是少妇思念远在边关的丈夫，对其又怨又爱的心情。春天是远客还乡的日子，故乡春色盎然，与那燕山飞雪相比，不知强了多少倍。一、二两句用江南和燕山天气对比，表现少妇对丈夫的牵挂，第二句中燕山雪飞表现了少妇对身

在边塞的丈夫的思念和担心。

但正是归时不见丈夫归家，少妇不禁由怨生恨。不过，少妇对丈夫不是满腹牢骚，却借物言情，把怨愁丈夫不归的心情发泄在子规身上。她认为不是丈夫不知归家，而是在暮春悲啼的子规鸟只知在江南无休止的鸣叫,而不飞到那燕山飞雪中去。借用了“子规”这一形象，“子规”谐音“子归”，不说丈夫不回来，却怨子规鸟没有飞到燕山，丈夫听不到啼叫，所以没有想到已经到了应该回来的时候了。诗把怨恨移到“子规”身上，把少妇对丈夫又怨又爱的心情细腻委婉地表现了出来。

少妇无端指责子规鸟，看似怨得无理，实际上话虽无理，然而有情。因为从表面上看，好像是少妇在为丈夫开托，细品之下，这种委婉的说法却深刻的透视出这位少妇的善良、温顺的性格和如水般的柔情。至于少妇略带幽怨的迫切相思自应得趣于言语之外了。

妾薄命

[明] 袁宏道

落花去故条，尚有根可依。
妇人失夫心，含情欲①告谁？
灯光不到明，宠极心还变。
只此双娥眉，供得几回盼？
看多自成故，未必真衰老。
辟彼数开花，不若初生草。
织发为君衣，君看不如纸。
割腹为君餐，君咽不如水。
旧人②百宛顺，不若新人骂。
死若可回君，待君以长夜。

【注释】

①欲：要。

②旧人：指被遗弃的妻子。

【赏析】

《妾薄命》是拟乐府古诗，但却不落俗套，语言清新，表现了一个失掉爱情的妇女的悲哀痛苦，如怨、如慕、如泣、如诉，感情诚挚动人。

此诗前半首痛定思痛，道出了任人摆布的可悲命运。“被遗弃的妇人还不如落花，落花尚有根可依，弃妇无人诉苦。”

“新婚之夜那么宠爱，可天还没亮（喻时间很短）就变了心。天天盼望丈夫回心转意，一双眼睛能盼多久？丈夫喜新厌旧，尽管身边的妻子并没老，看多了也就厌了，就好像盛开的鲜花还不如初生的小草。”叙写丈夫变心前后和“妾”失去爱情前后的对比，是人物遭遇的对比，是情节发展的对比，这是纵比。

“旧人百宛顺，不若新人骂”，这“旧人”的宛顺和“新人”的辱骂以及丈夫对“旧人”“新人”的态度，“在丈夫眼里，妻子对他的百依百顺，还不如新欢对他的一顿臭骂”。用的是横比。诗人同时运用纵比和横比，表现了痴心女子的痛苦和负心男子的可恶。

尽管丈夫如此可恶，但是诗的最后还是表达了弃妇虽遭遗弃而不能割舍对负心男子的感情——“只要丈夫能回心转意，我当长夜侍候，至死不渝。”

整首诗作缠绵悱恻，哀婉感人。

内人生日

[清] 吴嘉纪

潦倒丘园①二十秋，
亲炊葵藿②慰余愁。
绝无③暇日临青镜，
频过凶年④到白头。
海气荒凉门有燕，
溪光摇荡屋如舟。
不能沽酒持相祝，
依旧归来向尔谋。

【注释】

①丘园：丘墟、园圃。“是质素之处，非华美之所。”（《周易·疏》）后多指隐居的地方。

②葵：又名冬葵，一种蔬菜，《本草纲目》列为草类；藿：豆叶。葵藿均属粗食。

③绝无：完全没有。

④凶年：苦难岁月。

【赏析】

诗人的妻子王睿生，勤劳贤淑。夫妻贫困相处，伉俪情深。

妻子生日，丈夫写诗表达赞佩和感激之情。内人是古时丈夫对妻子的称呼，而妻子对丈夫则称外子。诗人在妻子的生日写了这首七律以略表情意。

前六句回忆妻子长期跟随自己共度患难：“你跟从我已经二十年了，却一直在山村间与我一起过着艰难困苦的生活，每天都亲自烧好葵菜和豆叶供我充饥。你终日忙碌得没有时间对镜打扮，加之连年碰上荒年，以至一直辛苦到老。我们一起僻居在海滨的陋室之中，荒凉冷落，只有燕子出入（全无亲友往来照顾），在溪光相映时，房子似乎摇摇欲坠，其不蔽风雨，竟像舟中之蓬！——在这样的困境中，你也处之泰然。”

最后两句才写到今天的生日：“我本想去买壶酒来为你祝寿，可是没有钱，只得重新回来同你商量！”

诗人在这首诗中全部运用了白描手法，写得质朴无华，也没有直接抒情之句。然而，读者却不难从中深深体味到，他们夫妻俩是怎样在逆境中共处的。她，久处贫贱而无怨言；而他，能对她深深理解，并从内心发出了敬爱和感激。他们的深厚感情，就这样建立在互相体贴、互相安慰、互相商量以共度患难的基础之上！

黛玉题帕诗

[清] 曹雪芹

眼空蓄泪泪空垂，
暗洒闲抛更向谁？
尺幅鲛绡①劳惠赠，
为君那得不伤悲！

抛珠滚玉只偷潸，②
镇日③无心镇日闲；
枕上袖边难拂拭，
任他点点与斑斑。

彩线难收面上珠，
湘江旧迹④已模糊，
窗前亦有千竿竹，
不识香痕渍也无？

【注释】

①鲛绡：薄纱，指手绢。参见陆游《钗头凤》注。

②珠、玉：都指眼泪。偷潸(shān)：偷偷地流泪。

③镇日：整日。

④湘江旧迹：娥皇、女英二妃因哀哭其夫舜而洒在竹子上的泪痕。此竹称斑竹，亦称湘妃竹。

【赏析】

这三首诗，是《红楼梦》中黛玉题写在宝玉私赠的手帕上的，诗中大胆吐露了爱情的隐衷，也对封建礼教的梏桎进行了血泪控诉。

这三首诗是林黛玉向贾宝玉大胆表露爱情之作。贾宝玉和林黛玉之间的爱情，经过无休止的怀疑、试探和百般掩饰，至此时，已是疑虑消除，心心相印，心心相许了。她的眼泪，掺和了无穷的悲和喜，饱含着刻骨的思和爱，从中可以体味到黛玉那种神痴心醉、五内沸腾的激动心情。莫可谓“也应有泪流知己”了。这种不顾嫌疑避讳的大胆表露，标志着她和宝玉以叛逆思想为基础的爱情已发展到了高峰。在诗中，尽管对爱情的表白还很含蓄，还显得很哀婉、伤感，缠绵悱恻，软弱无力，但对于生活在那样的时代、处于那样的环境中的贵族千金小姐林黛玉来说，敢于写出这样的情诗，本身就是对封建正统势力的挑战，是她在挣脱封建礼教精神枷锁斗争中的一个胜利。

而黛玉在哭泣的诗里倾吐出满腔悲愤，并执着地把爱直接表述为婚姻：以传说中舜在南巡时死去后，他的两个妃子娥皇、女英的泪水洒在湘竹上结为斑痕的故事来比喻自己。不管未来会是怎样，勇敢地把自己当作宝玉的既定妻子，尽情地展现自己的美好愿望，充分体现了反对封建礼教的叛逆精神。

台湾竹枝词

[清] 梁启超

韭菜花开心一枝，
花正黄时叶正肥。
愿郎摘花连叶摘，
到死心头不肯离。①

【注释】

①离：分离。

【赏析】

梁启超曾于1911年游台湾，在民间采风得竹枝十首。这是其中一首。

这首竹枝词写女子向情郎表达专一永久、到死不离的爱情。首句兴起纯真专一的爱，次句比喻双方正当青春盛年，最是爱情到达浓厚美满的时期；后两句即用韭菜的花和叶的关系来比拟人的爱情关系。这首诗运用了生动的比兴手法，实有民歌风味，读来觉得意境深远，词句新鲜，饶有情韵。

从字面上看，《竹枝词》均是写男女思恋的情歌。中国古代的文人，往往要借女子的哀怨之辞来抒发自己心中的愁闷，表达某种愿望。梁启超的《竹枝词》亦不例外，借写恋情来"为遗黎写哀"，替自己抒发心声。

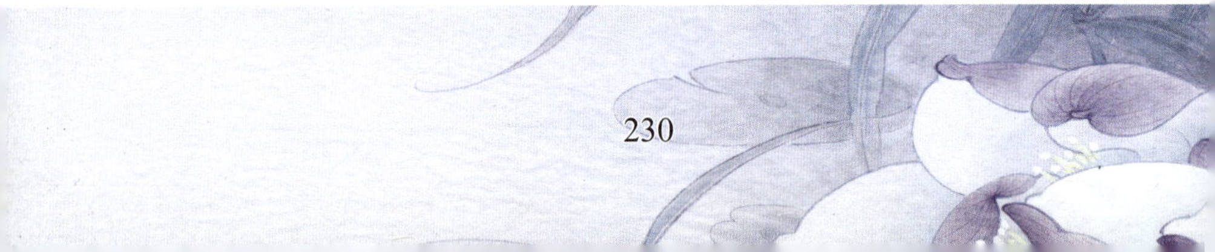